소설 분석

현대적 방법론과 기법

베르나르 발레트

조성애 옮김

東 文 選

소설 분석

차 례

서 론

소설, 소설 기법, 혹은 소설 내용의 이해를 돕고자 하는 책들은 수없이 많다. 언어적 계통이나 문화적 토양의 맥락 속에서 역사적 차원이나 지리적 전모를 조명하는 책들이 있는 반면, 연대기보다 형태와 주제들에 더 많은 관심을 보여 주는 책들도 있다. 실상 피카레스크 소설들, 교양 소설이나 역사 소설들(일반적으로 이렇게 세 종류로 나누어짐을 참조한다면)은 국경과 같은 한정된 시대 구분의 한계를 벗어난다. 이런 다양한 접근 방식들은, **통시태**(소설이 처음부터 지금까지 발전되어 온 방식)나 **공시태**(소설 세계의 구조 유형에 대하여)적인 방식을 개입시킬지라도 모두 비교주의적 과정에서 발전된 것이다. 이 방식들은 소설이 아닌 것에서부터(유사 장르들), 혹은 더 이상 소설이 아닌 것들(소설의 기원이었을 장르들)에서부터 출발해 소설을 파악하고자 한다.

본 연구는 방법론적 관점에서 소설 독해에 이르는 과정들을 설명코자 한다. 이 책에서는 형식주의적 분석, 주제적 분석, 또는 대체로 의미론적인 분석에 대학 비평계에서 이루어진 현대적 탐색의 가장 풍부하고도 가장 이해하기 쉬운 토대들을 접목하고자 한다. 이 책의 목적은 복합적이다. 우선 다양한 분야에서 획득된 인식들을 종합적으로 검토하고, 이러한 인식들이 어떻게 문학 연구에 새로운 빛을 가져올 수 있는지를 보여 주고자 한다. 그러므로 다양한 학문들에서 나온, 게다가 때로는 대립적이기까지 한 이들 학설들의 방법, 이론, 학파들을 가능한 한 가장 객관적으로 제시할 것이다. 또한 이들 다양한 모델들에서부터 각 개인의 경향이나 이데올로기적 선택에 따라, 특히 연구하려는 텍스트의 다양성이라는 특성에 따라 달라질 수 있는 개인적인 탐구 방식들을 제시하고자 한다.

고대 문학이나 수많은 외국 소설들이 완전히 배제되지는 않겠지만, 여기서 언급될 책들은 현대 프랑스어로 씌어진 작품들로 한정된다. 사실상 철저한 문체의 분석은 번역물, 각색이나 번안물을 가지고는 이루어질 수 없다. 그러므로 **16세기부터 현재까지의 서사적 작품들에** 관심이라기보다 주의를 기울인 것은, 바로 용이성이라는 분명한 이유 때문이다. 즉 충분한 예들을 찾을 수 있다는 그 점 때문이었다. 그렇다고 해서 중세 소설(운문으로 된), 고대 후기 그리스와 라틴의 위대한 소설들, 바로크 시대까지 번성한 영웅적이고 감상적이며 혹은 전원풍의 문학들과 같이 모두에게 아주 잘 알려진 과거의 작품들을 언급하지 않는 것은 아니다. 그리고 많은 비평가들에게서 주저없이 가장 순수한 소설 장르를 탄생시켰다고 인정받는 18세기의 영국 소설들을 필히 언급해야 한다면, 반드시 고려해야 하는 신조어였다는 점에서 영불 해협의 기사, 즉 돈 키호테도 분명히 언급될 자격이 있다.

지극히 프랑스적인 이런 약조에 마지막으로 타격을 가할 작가들로는 러시아 소설의 대가들인 도스토예프스키와 톨스토이이며, 그 다음으로 20세기초 미국 소설가들, 더스 패서스 · 포크너 · 헤밍웨이, 그리고 마지막으로 양차 대전간의 유럽 문학을 이끌어 간 조이스 · 되블린 · 토마스 만이 거론될 것이다. 이들과 같은 선구자들이 없었다면 현대 소설은 우리가 만장일치로 인정하는 그 영광에 도달할 수 없었을 것이다.

다음 단계로 주로 언어학, 구조주의, 화용론, 서사학뿐만 아니라 수용심리학, 사회 비평, 심리 분석이 몇 년 사이에 문학 연구에서 성취해 놓았던 발전들을 주로 다룰 것이다. 수십 년 동안 지배적인 위치를 누렸던 역사주의와 방대한 주제적 통합은, 문학성을 더 중요시하는 접근들로 새로워지게 된다. 예술적 언어에 의미를 부여하는 형태들의 설명으로 이해되는 기호학적 문체론(sémiostylistique)은 **텍스트**의 메마르지 않는 풍부함, 매번 새로운 읽기를 통해 촉발되는 즐거움과 다양한 울림 이외에는 다른 목적이나 열정을 가지지 않는다.

I
이야기의 요소

1. 소설과 소설 이론

연극 혹은 시와 같은 다른 문학 장르와는 반대로, 소설은 전통적으로 **픽션**이라는 개념과 연결되다 보니 형식에 관한 특징보다 자신의 시니피에를 통해 정의되고 한정된다. 드라마 기법은 문학적 코드와 무대 연출 코드에 따른다. 고전적 시작법이나 자유시에서 알 수 있듯이, 시는 언어를 사용하는 방식과 일치된다. 산문으로 씌어지지 않은 것이 바로 시이다(미학적 효과는 다른 매개 변수들의 결과이다). 연극은 바로 언어의 연출을 전제한다. 소설적이란, '사상문학(littérature d'idées)'을 보더라도 어떤 특별한 서체를 제공하는 것 같지 않다는 점에서 소설적으로 보이게 하는 것은 오히려 다루어진 주제들인 것 같다. **상상적인 모험들, 비현실적인 인물들, 허구적인 플롯**처럼 소설의 담론은 전설 · 신화 · 서사시와 함께 상징적 공간을 공유하는 비현실 세계 속에 자리잡고 있다.

위대한 역사적 **전설들**이 국가들이나 제국들이 형성되던 시기와 동시에 태어났고, 국민들이 안정을 이루게 되면서 그런 전설들이 쇠퇴했던 반면, 소설이 왕성하게 발전된 것은 분명히 다른 요인들과 관련되어 있다. 예를 들어 '고대 스칸디나비아 지역의 영웅 전설담(사가)'이 프랑스의 트리스탄 이야기류의 스칸디나비아식의 변이형일 뿐이라는 것을 알 수 있을 것이다.

신화와 소설을 가르는 경계선을 정한다는 것도 마찬가지로 어려운 일이다. 뒤메질이 말한 것처럼 종교적인 것에서 세속적인 것으로 가는 동안, 집단적 가치에서 사생활의 개인적 사건들로 가는 동안 단절이 있었거나 점진적인 변화가 있었던 것일까?[1] 이런 뜻하지 않은 여러 가지 장애물들 가운데 **소설/서사시**를 대립시키는 관점은 전문가들이 가장 반대하는 부분이다. 어떤 이들에게는 소설이란 서사적 이야기가 친숙한 차원에서, 그리고 어떤 점에서는 세속화된 차원에서 변모된 것으로 여겨질 것이다. 이런 관점은 분명하게 헝가리 역사학자 루카치의 이론들을 토대로 삼고 있거나, 또는 독일 문헌학자 아우어바흐의 《미메시스》와 같은 책에서 은연중에 찾아낼 수 있다. 스카롱의 《희극적 소설》은 현대의 서사문학이 고대 신들의 이야기를 탈신화화——탈신성화 혹은 민주화——해 온 흐름을 밝혀 준다.

항상 이런 관점에서, 마르트 로베르와 같은 비평가들은 냉소적인 어휘를 버리고 조금씩 고상한 문자들을 획득해 나가는 일종의 '사생아'와 소설을 동일시하기에 좋은 기회를 맞이했다. 돈 키호테, 가르강튀아 혹은 팡타그뤼엘은 여전히 우스꽝스러운 인물들이다. 그러다가 디포나 리처드슨과 함께 소설은 진지해진다. 즉 사생활, 개인심리학, 노동자 계급들의 활동들은 점차 서사시의 영웅들의 행적들을 대신해 나가면서 19세기에 와서는 부르주아적 픽션으로 들어서게 하는 데 일조한다.

바흐친(p.60 참고)은 다른 가정들을 발전시킨다. 소설의 다음

---

1) 조르주 뒤메질, 《신화에서 소설로 *Du Mythe au roman*》, PUF, 1970.

성, 다언어주의, 다문화성을 통해 소설은 서사적 담론의 전략이 아니라 소크라테스적인 대화론과 연결된다. 그러므로 **풍자**는 신들과 초인들의 세계에서 현대 문학의 일상을 다룬 사실주의로 가는 긴 연결고리 선상에 속하지는 않을 것이다. 풍자는 분명히 서민들 속에서 태어나고 설화 속에 뿌리내린, 카니발적인 웃음과 제도들에 의해 배제된 집단들의 다의성이 표현되는 주변적인 축제 형태 속에 뿌리내린 하나의 자율적인 장르일 수 있을 것이다. 이런 기원에서부터 소설은 지식에 대해, 그 자체 공식적인 언어의 권위에 대해 마치 체질인 양 비판적인 것으로 나타난다.[2)]

서사시는 아버지들의 세계이며, 시작의 세계이자 우주적 순환의 세계이다. 구술적 장르로 나타난 것이 아니라 단번에 문자로, 다시 말해 인쇄되어 나타난 소설은 현대적 시대의 산물이다. 소설은 역사성, 가치들의 과도기적인 면, 이것을 전달하는 문학적 코드의 취약성까지 표현한다. 그래서 소설은 자신에 대해서와 마찬가지로 언어에 대해서도 비판적이라는 것을 알고 있다. 통용되는 기법의 몫과 기교를 스스럼없이 드러내는 헬레니즘 시대의 서술문학(헬리오도로스의 《아이티오피카》, 아프로디아시스의 카리톤의 《카이레아스와 칼리로에》 등)에게 가치 있는 것은 세르반테스나 퓌르티에르에게서도, 그리고 《트리스트럼 섄디》(스턴), 《운명론자 자크》(디드로), 《톰 존스》(필딩)…… 그리고 현대와 더 가까운 《사전꾼들》(지드), 마지막으로 누보 로망의 탈구성주의적 도약에서도 여전히 더 느껴질 수 있다.

---

2) 미하일 바흐친, 《소설의 미학과 이론 *Esthétique et théorie du roman*》, Gallimard, 1978.

소설의 역사는 단순한 연대기나 개요적인 계보를 기술하는 것으로 그칠 수 없을 것이다. 현시점에서 지배적 장르인 소설은 반사 효과에 의해 서체의 지배와 허구의 수사학을 계속 문제삼게 하는 장르라는 점 또한 사실이다.

2. 현대적 개념과 도구

오랫동안 소설 연구는 문학 비평계를 계속 이끌어 왔던 규범적인 학문인 역사와 연대기화에 지배되어 왔다. 이 단계도 상당히 흥미로운데 무훈 소설, 전원 소설, 대하 소설, 미래 예상 소설, 공상 과학 소설 등과 같은 다양한 형태들의 출현, 발전, 그리고 쇠퇴의 과정을 관찰하게 해준다. 다음과 같은 외국의 영향, 의미상의 변화는 아주 정확하게 분석될 수 있다: 단편은 언제부터 프랑스에 들어왔는가? 이런 기법의 탄생은 어떤 사회적 발전과 관련되어 있는가? 앵글로 색슨어의 **로맨스**(romance), **스토리**(story), **노벨**(novel), **픽션**(fiction)에 적합한 용어는 무엇인가? 독일의 악당소설을 구분하기에 적절한 요소인 **교양 소설/자아 성장 소설**(Bildungsroman/Entwicklungsroman)과의 구분은 프랑스의 성장 소설에도 적용되는가?

유럽 문학의 미래에 관해 꿈꾸기를 그만두지 않는다면, 국가들 간의 언어적 경계가 예전에 그들이 누렸던 문화적 투과성을 되찾게 될 때, **소설**이라는 말——그리고 개념——이 어떻게 변할 것인지에 대해 당연히 질문할 수 있을 것이다. 이런 비전은 너무 터무니없어 보이는가? 그렇다면 지오노의 《북쪽 나라와 또 다른 특징들》, 르 클레지오의 《몽도와 그밖의 이야기들》 같은 몇몇 대담한 제목들을 생각해 보는 것으로 만족하자. 유대인계 프랑스 작가로 미국에서 가르치고 있는 세르주 두브로프스키는 **허구의 자기 이야기**(autofiction)라는 말을 **자서전**(autobiographie)이라는 말보다 선호하는 것 같다. 현대의 국제문학 한가운데서 상당한 발전을 이루게 된 소설은 새로운 발전과 예측할 수 없는 변형을 향해 나아가지 않을 수 없게 되었다.

가장 확실하게 정립된 우리들의 문화적 확신들을 뒤흔들어 놓기에 충분한 아방가르드의 다양한 현상들이 나타난 것은 매우 놀라운 일이었다. 만, 조이스와 프루스트; 셀린, 지드, 무질: 이 작가들은 유럽에서 소설적 글쓰기뿐만 아니라 철학 이론, 그리고 소설에 대한 대학의 비평 담론까지 심층적으로 변화시켰던 이들로 자주 간주된다. 조이스는 발레리 라르보라는 작가에 의해 프랑스어로는 '의식의 흐름' 이라는 말로 번역되었다. 미국 소설가들은 유럽의 후계자들에 미친 영향을 넘어서 최고의 이론적 성찰에 영향을 끼쳤다. 시간성에 관한 사르트르의 결정적인 글(《상황 I》)의 기원에는 포크너가 있으며, 그의 자취는 《아카시아》에서 클로드 시몽에 의해 선택된 **서술 체계**에도 분명히 남아 있다. 이탈리아 기호학자 움베르토 에코의 열린 책[3]의 시학에 관한 가정의 본질은 바로 《율리시스》의 아일랜드 작가에게서 빌려 온 것이다. 끝으로 프루스트의 퍼즐은 현대 소설이 갈 수밖에 없는 통로인 것 같다. 그것은 모든 서술학적 시도의 초석이기도 하다.

---

3) 움베르토 에코, 《열린 책 *L'Œuvre ouverte*》, 밀라노, 1962, Le Seuil, 1965.

이처럼 인문학, 특히 언어학은 소설 창작에 의해 지속적으로 자극된다. 미학은 비평적 담론과 마찬가지로 언어 기호라는 구성의 핵심에 대한 끊임없는 언급 없이는 생각되어질 수 없다.

그러므로 지금 우리가 분석하려는 것은 바로 특수한 코드로서의 소설적 서체이다. 이 연구는 이미 고전으로 자리잡은 구조주의와 기호학의 방법들에서 도움을 받을 것이다. 이들이 없었다면 사회 비평이나 심리 분석과 같은 '주제론적' 방법들은 신뢰할 만한 인식론적 토대를 가질 수 없었을 것이다. 지금 우리 시대에 와서 소설이 사실적 묘사라는 구속에서 이미 오래전에 벗어난 사실을 무시할 수는 없을 것이다. 소설은 자신의 의미를 세상과의 관계에서보다 문학적 지시 대상에서 끌어내고 있으며, 소설의 단어들은 **자연을 그대로 표현한 것이라기보다 문화적 맥락**과 관련된 기호가 된다.

모방의 문제는 이론적 논쟁의 중심이 되지만 유사에 대한 정의——즉 사실임직함에 대한 감각——는 변화되었다. 유사에 대한 정의는 이제는 대상과의 일치 속에서 이해되는 것이 아니라, 사물에 대해 끊임없이 말하고 있는 인간의 파롤의 긴 연쇄 속에 기재된 기호와 더불어 이해된다. 그런 점에서 **초텍스트성**(transtextutalité)의 개념은 중요하다. 정확하게 분류하고자 한다면, 제라르 주네트[4]가 구분하기 시작한 다음의 개념들의 차이를 알아야 할 것이다:

— **상호텍스트성**(l'intertextualité): 암시, 인용, 표절…….

4) 제라르 주네트, 《팰림프세스트 *Palimpsestes*》, Le Seuil, 1982; 그리고 《문턱들 *Seuils*》, Le Seuil, 1987.

— **파라텍스트성**(la paratextualité): 텍스트의 모든 '문턱(seuils),' 즉 제목 · 주석 · 서문 등뿐만 아니라 초고와 최종 완성작의 기원 연구에 도움이 되는 다른 변이형들.

— **메타텍스트성**(la métatextualité) 또는 비평적 주석. 《3부작》에서 클로드 시몽은 책 · 삽화 · 영화의 관계를 교차시킨다.

— **원(原)텍스트성**(l'architextualité): 독서에 필요한 표시들의 유무(장르, 총서 등).

— **하이퍼텍스트성**(l'hypertextualité): 모사, 패러디, 이전의 문학 원전의 전환이나 **하이포텍스트**(hypotexte)라고 하는 신화의 전환.

이런 목록을 보면 작가가 몰두하고 있는 사실이란 합의된 어떤 범주 속에서 재구성해야 하는 일만 남아 있는 이미지, 통념, 상투어의 총체일 뿐이라고 생각할 수도 있다. 문학이란 일련의 제조법이 적용되면서 만들어지는 것일까? 가장 근엄한 학자들과 가장 진지한 시학자들이라면 결코 비난할 수 없었을 재담 같아 보이는 교훈을 통해 레이몽 드보는 수수께끼의 열쇠를 밝힌다:

X부인의 집……, 소설가

배달부가 문 앞에 여러 개의 배달 자루를 내려놓는다…… 그리고 초인종을 누른다…….

목소리: 무슨 일입니까?

배달부: 주문하신 단어 소포입니다!

목소리: 잠깐만요…!

(문이 열린다)

X부인: 아!!! 모든 낱말이 거기에 들어 있나요?

배달부: 모두…… (확인하면서) 현재 사용되는 단어들이 두 자루,

사용되지 않은 단어가 한 자루…… 부적절한 단어…… 지리멸렬한 단어…… 그리고 불필요한 단어도 있군요!!!

X부인: 그럼 이 작은 자루는요?

배달부: 그것은 구두점…… 마침표…… 쉼표 같은 거네요.

X부인: 한마디로 그 안에는 소설 하나를 쓸 만한 것이 다 들어 있다는 것이로군요!

배달부: 필요한 재료는 다 들어 있습니다! 완전 제작된 문장들도 들어 있답니다…….

X부인: 그러면 플롯은요?

배달부: 묶어 놓은 자루에 있어요

레이몽 드보, 〈자루들〉 in 《뒤죽박죽》, Le Livre de poche.

모든 것이 거기에 있다: 어휘, 문장, 조판, 구두점.

오직 사용 방법이라는 본질적 요소만이 빠져 있다. 우리가 텍스트의 작용을 정확히 관찰하면서 이끌어 내고자 하는 것이 바로 조합의 규칙들, '서술의 문법' 이다.

장르적인 혹은 '기원적인' 접근은 소설의 역사와 소설을 지칭하는 데 사용되는 어휘의 역사라는 이중의 문제를 제시한다. 소설적 의미를 생산하는 데 기여하는 적절한 단위들을 찾아내면서, 심리 비평적이거나 사회 비평적인 특징을 가진 복합적인 독서 행위가 같이 이루어지는 것이다. 현대 언어학, 그리고 특히 화용론은 서술(récit)의 수사학에 가장 중요한 공헌을 한다. 구조주의와 시학은 결국 현실적 사건이나 상상적 사건의 차원에서의 서술적인 것의 작용을, 그것이 역사나 픽션에 관한 것이든간에 면밀하게 연구하도록 기여한다.

II

방법론들의 주요 경향

1. 장르적 접근

'문학 장르란 무엇인가?'[1]라는 제목의 장 마리 셰페르의 책은 이 질문에 답하고자 하나, 이 질문이 실상 아주 다양한 관심들과 관련되어 있어서, 아마도 대답이 나올 수 없는 그런 질문을 순진하게 던진 것임을 보여 준다.

그렇지만 케테 함부르거(《문학 장르들의 논리학》), 제라르 주네트(《팰림프세스트》《원텍스트 입문서》), 츠베탕 토도로프(《환상문학 입문서》), 노트로프 프라이(《비평의 해부》), H. R. 야우스(《수용미학에 대하여》), 이들의 연구들을 통해 소설의 개념을 정의할 때 가장 중요한 영향을 미친 다음과 같은 관점들을 고려할 것이다.

규칙도 시학도 없는 장르인 소설이 이런저런 정의에 필요한 **규범들을 사용함으로써** 그 혜택을 보았는지에 대해 질문하기 전에 서술적 장르의 외시들, 소설과 소설 부류들(하위 장르나 유사 범주), 소설의 언어 영역에 대해 계속 보고자 한다.

---

1) 장 마리 셰페르(Jean-Marie Schaeffer), 《문학 장르란 무엇인가 *Qu'est-ce qu'un genre littéraire?*》, Le Seuil, 1989.

장르의 개념

우리들의 문화적 전통에서, 문학의 다양한 표현 양식들을 분류한 최초의 시도 중 하나가 나타나는 것을 보려면 바로 아리스토텔레스의 《시학》[2]이나, 플라톤의 《국가》로 거슬러 올라가지 않을 수 없다. 이들 자체의 결함에도 불구하고 데메트리우스와 퀸틸리아누스에서부터 부알로나 브륀티에르에 이르기까지, 끈기 있게 해석되어 왔고 부연 설명되었거나 변형되면서 긴 가문을 이룩해 왔던 문학 이론들의 창시자로서 간주되는 이들 텍스트에 새로운 해설을 덧붙인다는 것은 부적절한 일일지도 모른다.

분명히 해두고자 하는 마음에서, 아리스토텔레스의 모델을 적용한 것 중 가장 최근의 해석인, 주네트의 《원텍스트 입문서》[3]에서 제시된 도표를 보도록 하자:

방식 / 대상	극 적	서술적
상위적	비 극	서사시
하위적	희 극	패러디

이 도표는 형태와 주제라는 또 하나의 분류를 보여 주는 이점이 있다: **형태적**(formelle)(인물들이 표현되는 연극은 '자연스런' 대화를 직접 사용한다; 서술적 장르들은 작가의 이야기와 인물들의 담

2) 아리스토텔레스, 《시학 *Poétique*》, Le Seuil, 1980.
3) 제라르 주네트, 《원텍스트 입문서》, Le Seuil, 1979, p.19.

화라는 중재된 표현을 혼합한다); **주제적**(연출된 존재들——혹은 텍스트 속에서——은 이상화된 영웅들이거나 아니면 반대로 희화화된 인간에 속한다).

리세의 철학자의 '구조주의적' 현대성은 이 도표에 의해 아주 분명히 드러난다. 그러나 이 도표는, 아리스토텔레스적인 분류가 무엇보다도 의도적이든 아니든 간에 **자연의 관찰을 본뜬 육체적 모델**에 영감을 받은 것이라는 사실을 잊게 할 수는 없을 것이다. 셰페르는 이런 태도가 '생물학적 계열의 본질주의적인'[4] 태도와 관련됨을 설득력 있게 보여 준다. 다양한 조정에 이어 중세 스콜라학파가 그 자체 종으로 나누어진 몇 개의 **속**(genera)을 세우게 됨은 놀라운 일이 아니다. 예를 들어 **이야기 속**이 있고, 이 총체는 격언적 '종'(espèce sentencieuse), 교육적 '종'(espèce didactique)(디오메데스에 의하면)으로 나누어진다. 속, 종, 하위-속, 이런 구분에서 연속적인 대립들로 이루어지는 분류의 법칙을 토대로 하는 체계의 피할 수 없는 분류임을 인지할 수 있으며, 또한 사람들은 이런 본원의 양분에 만족할 수 있을지도 모른다. 극적이지 않은 것은 서술적이다; 발화 행위의 각 형태에서 문체들의 어떤 위계질서를 구분해 낸다.

이처럼 소설은 고대부터 사용해 온 하나 혹은 여러 개의 서술 형태들의 소산으로 간주될 수도 있을 것이다. 이런 개념은 적어도 진화론과 암묵적으로 결부된다. 장르들은 태어나고 변화되고 사라진다——혹은 영속한다. 그러나 장르의 완성이 시작 초기의 순간에 있는 것인지(창작의 측면에서), 또는 완전히 무르익은 순

---

4) 장 마리 셰페르, *op. cit.*, p.23.

간에 있는 것인지를 (절정에 있을 때) 알기 위해 헛된 논쟁에 휘말리게 되는 일은 언제나 일어날 수 있는 일이다. 생명론적인 은유들로 둘러싸인 장르에 관한 연구들은, 마치 문학의 발달이 동물종의 변형처럼 여겨지면서 필연적으로 이런 유의 질문들을 이끌어낸다. 소설이 현재의 상황에서 번창한 것은 가장 강한 자의 법칙을 이용하면서 환경에 가장 잘 적응했기 때문이었을까?

서술적 장르들

플라톤에 의하면 혼합 장르이며, 아리스토텔레스에게 있어서는 완전히 별도의 장르인 서술문학은——구두이건 문자이건——《오디세이》에서 문학이라고 할 수 있는 최초의 모습을 발견한다. 《오디세이》는 오랫동안 이론가들에게는 본보기로, 실무가들에게는 표본으로 그 자리를 지키고 있었다. 규범적 텍스트, 나아가 원형이 된 이 전형은 한편으로는 송신자(이야기하는 이, 혹은 작가)를 전제하는 묘사들, 즉 사물·인물(초상)·사건(혹은 이야기들)에 대한 묘사들을 포함하며, 다른 한편으로는 인물들의 직접적인 언어의 재현('미메시스')을 포함한다. 혼합 장르라고 할 수 있는 것은 바로 연극적 형태인 이런 대화체적인 모방 때문이며, 최초의 라틴 소설들 중의 하나가 풍자라는 제목(페트로니우스의 《사티리콘》)이라는 데서도 알 수 있듯이 아마도 바로 이런 이질성 때문일 수 있다.

소설이라는 말은 사전에서도 증명되듯이, 중세에서는 라틴어와 같은 성스러운 텍스트나 학자들의 텍스트에서 쓰이는 언어가 아닌 속어로 씌어진, 처음에는 운문으로 된 이야기들(《트리스탄과 이졸데》와 같은), 그 다음 산문으로 된 이야기들(《여우 이야기》)을 지칭하기 위해 쓰인 것은 사실인 것 같다. 시대의 의식이든 무의식이든 장르의 위계질서의 파급 효과는 완전히 언어 영역에 의해 드러난다. 프랑스어는 천하다고 여겨지는 장르에 알맞은, 저속한 주제를 다루고 여전히 패러디와 가까운 대중적인 언어이다. 그럼에도 실제 혹은 허구적인 사건들의 이야기라는, 또 다른 특징이 소설, 콩트, 나중에 나타나는 단편의 개념과 내부적으로 연결되어 있는 것 같다. 이처럼 처음부터 어떤 장르인지를 인식하게 해주는 지배적인 요소로 바로 **언어 수행**(performance)**과 서술적 언표**(énoncés narratifs)를 생각할 수 있다.

그렇지만 우화적 이야기(《장미 이야기》와 같은), 영웅적인 이야기나 기사도 주제(《아마디스》)의 이야기들의 영향 아래, 소설의 개념은 아주 빠르게 **픽션**이라는 생각으로 발전되어 나가는 것 같다. 18세기 위에의 유명한 정의는 그 점을 분명하게 보여 준다: 그것은 '독자들의 재미와 교육을 위해 능란하게 산문으로 씌어진 꾸며낸 모든 사랑의 모험 이야기들'[5]과 관련된다. 소설(=로망)은 그때부터 **몽상적인 의미의 로마네스크**와 혼동되며, 그 단어는 발자크 때까지 일종의 공상에 사로잡힘을 암시하는 듯 보인다. 다음의 이같은 글이 그 점을 증명하고 있다:

"그러나 열정을 가진 인간, 일련의 시와 같은 삶을 살았던 인간, 그리고 소설을 쓰는 대신 언제나 소설을 살았던 인간, 특히 실행가

---

5) 위에, 《소설의 기원에 대해 드 세그레 씨에게 보낸 편지 *Lettre à M. de Segrais sur l'origine des romans*》, 1670, Slatkine Reprints, 1970.

는 불가능해 보이는 어떤 것에 이끌렸음이 분명했다."[6)]

소설을 쓴다는 것은(영화를 만드는 것처럼), 어쩌면 현대 독자들의 눈에는 심적 거리두기와 미학적 매혹에 대한 모든 전제와 더불어, 단순히 '어떤 사건들을 이야기하는 것'을 의미할지도 모른다.

소설과 그 사촌들

계보를 찾는 시도는 피할 수 없는 일이다. 그리고 클로드 시몽의 《플랑드르의 길》과 라 파예트 부인의 《자이드》나 또는 《고리오 영감》을 반드시 같이 놓아야 한다고 고집한다면, 콩트·단편소설·이야기 등과 같은 닮은 형태들을 가진 **서술 작품들**을 장르라는 깃발 아래 모이게 한 유사 관계들을 찾아내는 것이 더 만족스러울지도 모른다. 우리가 현재 소설의 전형으로 간주하는 텍스트들은 처음부터 다르게 이름 붙여지지 않았던가? 베르나르댕 드 생 피에르는 《폴과 비르지니》를 '전원시'라고 했으며, 스탕달은 《적과 흑》을 '30년대의 연대기'라고, 플로베르는 《감정 교육》을 '한 청년의 이야기'라고, 지드의 《교황청의 지하도》를 '소티(중세의 풍자적 소극)'라고 했다. 그렇다면 이런 다른 작품들을 읽을 때 인지될 수 있는 '같은 과(科)의 분위기'는 어떤 요소들을 토대로 하는 것인가? 물론 그것은 언어 수행과 서술적 언표, 그리고 앞에서 언급된 허구적인 특성에 관한 것이다. 그렇다면 '원-장르

---

6) 발자크, 《랑제 공작 부인 *La Duchesse de Langeais*》.

(archi-genre)' 에 대해 말하는 것은 완전히 정당화될 것이며, 소설적 형태의 서체는 이처럼 (아리스토텔레스에서 이미 보았듯이) 극적 · 연극적 특성의 모든 장르와 대립될 것이다.

장르들에 대한 이런 횡적인 관점은 적어도 유익한 점과 불편한 점을 보여 준다. 직관에 토대를 둔 이 관점은, 주제에 대한 인식력(대개는 '이야기된 것(le narratif)' 에 대한 인식력)을 바탕으로 한 문학적 능력에 주로 의지하고 있다. 사실상 유사하다고 보는 정의의 범주가 그렇게 타당해 보이지는 않지만 아주 근접해 있는 장르들뿐만 아니라 우화, 전설, 나아가 신화와 같은 더 멀리 위치한 장르들도 이런 서술형들에 포함되어야 하는가? (길이를 제외하면 소설과 단편의 차이는 무엇인가? 베르나노스의 《무셰트의 이야기》는 짧은 소설인가, 아니면 긴 단편인가?) 형태 차원에서 기준이 없다는 것이 주된 난점으로 남게 될 것이다. 예를 들어 우리 현대인들에게 있어서, 소설과 시를 구분짓는 것은 우선 산문이나 운문이라는 표현의 차원에서 이루어진다. 콩트도 라 퐁텐의 우화(페로의 우화와는 반대로)도, 이들이 운문으로 씌어졌음을 고려한다면 소설적 창작에 속한다고 볼 수 없다. 이와 마찬가지로 루이 아라공이 완전히 시적인 작품군을 《미완성의 소설》이라고 명명할 수 있었던 것은 바로 초현실주의적 도전의 관점에서이다.

끝으로 현대적 적용, 산문으로 번역된 시 작품들, 오로지 출판사의 기분에 따라 작품들에 붙여진 부제목들이 제시하는 문제점들도 있다.

실제 장르의 차원에서, 베룰의 콩트의 반해음의 8음절 단장들과 베디에 · 앙드레 마리 · 르네 루이에 의해 재구성된 《트리스탄과 이졸데》류의 '소설들' 사이에는 어떤 관계가 있는지 생각해 볼 수 있다. 괴테의 《파우스트》를 산문으로 번역하면서, 즉 극시를 서술적인 시로 바꾸면서, 네르발은 프랑스 독자의 의식 속에 연극 작품을 산문시로, 더구나 이야기(이런 자각은 두번째 파우스트에 대해 그가 제시한 '분석' 속에 다시 강조됨)로 옮겨 놓지 않았는가? 어떤 이유로 모파상의 짧은 이야기들에 '콩트와 단편들' 이라는 이름을 붙이는가? 이들을 명확하게 구분하는 것이 불가능하기 때문이 아닐까?

볼테르의 교훈적인 우화를 '소설과 콩트' 라고 부르는 것은 더 놀랍다. 사실 '철학적 콩트' 라는 표현보다, 현대적 독서층에 혐오감을 덜 주는 '소설' 이라는 어휘의 매개적 효과를 알고 있는 (특히 표지가 유혹적일 때) 출판사들의 상업적인 선택 때문이다. 끝으로 작가들 자신들도 서술적이기보다 더 묘사적이거나 은유적인 자신들의 작품들 중에서 이러저러한 것에 소설이라는 이름을 부여할 때, 어떤 특유의 상투적 독서 유형을 유발하는 문화적 습관을 사용하거나 남용하려고 한 것은 아닌가? 조르주 페렉의 《인생 사용법》이나 미셸 뷔토르의 《밀랑의 통로》에 '소설' 이라는 부제가 없었더라면 어떻게 이해했을까? 아라공 역시 《아니세 또는 파노라마, 소설》과 더불어 한계에 달한 예를 제공한다. 이런 제목 붙이기는 소설이 일종의 철자 바꾸기 놀이처럼 형성되고 있음을 보여 준다. 메시지와 코드는 서로서로를 지시하고 있다.

여러 유형의 소설들

그러므로 앞에서 본 바에 의하면, 소설의 정수를 끌어내는 것은 아주 어려운 일로 보인다. 실상 '소설' 이라는 표시는 관련된 장르의 기법적인 특징이나 형태적인 특징을 가리키기보다, 오히려 **파라텍스트 체계**(엄밀한 의미에서 소위 텍스트에 선행하고, 텍스트를 이끌어들이거나 둘러싸는 모든 것)를 가리킨다고 할 수 있다. 일상적인 의미에서 이 말이 어떤 허구적 사건들의 관계(혹은 창작)를 가리킨다면, 소위 소설적인 소설(반복에 의존해야 한다는 점이 이미 의미심장하다)은 사실적이거나 상상적인 모험들을 이야기하는 것이 중요하므로 이야기상의 다양한 연대와 필히 관련되어 있음을 분명히 알아야 한다. 이런 조건들에서 본다면, 플롯의 개념과는 의도적으로 거리를 둔 《감정 교육》은 소설이라고 부를 만한가, 아니면 반-소설이라고 부를 만한가? 장 리카르두의 유명한 재치(고전 소설은 모험의 이야기이다; 현대 소설은 이야기의 모험이다)를 미리 예상케 하는, 《운명론자 자크》는 누보 로망의 직계 선조가 될까? 몇몇 현대 작가들은 총칭적인 명칭을 모두 거부하면서 이런 어려움을 피해 간다. **텍스트**라는 단순한 용어는 더 모호한 동시에 독서를 단순화시키는 여과 장치를 피하게 할 수 있어, 리샤르 밀레와 그의 많은 동료들의 경우처럼 이들의 대부분의 작품들을 지칭하기에 충분하다.

어쨌든 분류에 대한 집착은 비평의 본질적인 행동들 중의 하나이다. 비평은 사상·감정 혹은 정신의 영역으로 소설을 나누기까지 하며, 물론 통계적으로 정신보다 육체의 언어에 더 중요성을 두는 책들에 에로틱이라는 용어를 따로 부여하기도 한다. 예전에 코르네유와 라신, 소포클레스와 에우리피데스를 멋지게 대립시킬 수 있었던 것처럼 풍속 소설과 분석 소설의 구분은 일반적이 되었으며, 사회를 그려낸 프레스코(《목로주점》)와 성격 분석 연구를 대립 관계에 놓이게 한다. 그러나 《티보가(家)의 사람들》(로제 마르탱 뒤 가르)이나 《파스키에가(家)의 사람들》(조르주 뒤아멜)과 같은 한 가계를 다룬 소설은 어디에 놓아야 하는가? 《적과 흑》 《보바리 부인》 《테레즈 데케루》에서는 환경의 사회학적 분석이나 인물의 심리학적 연구 중에서 어떤 특질을 강조해야 하는가? 곧이어 주제별의 모든 분류가 야기하는 어려운 문제들이 줄줄이 나타나게 될 것이다. 피카레스크 소설은 그 자체 모파상의 《여자의 일생》과 다르지 않다. 단지 인물들의 사회적 위상, 서술의 어조가 다를 뿐이다. 상드라르의 《황금》은 서사 차원에서 본다면 교양 소설과 같다. 입문 소설, 가톨릭 소설, 환상 소설, 경향 소설, 모험 소설, 여행 소설 등의 범주는 내용에 따라 나누어진 것이지 표현 방식으로 나누어진 것이 아니다. 이런 구분은 실상 주제에 따라 나누어진 것이다. 주네트는, 예를 들어 추리 소설에 대해 '보드빌이 희극의 주제를 특수하게 발전시킨 것처럼 소설의 주제를 전문화시킨 것'[7]으로 본다.

그에 반해 서신으로 이루어진 소설(장 자크 루소의 《누벨 엘로이즈》), 일기 형식의 소설(미셸 뷔토르의 《시간표》), 허구적 자서전(마그리트 유르스나르의 《하드리아누스 황제의 회상》), 대화체 소설(로제 마르탱 뒤 가르의 《장 바루아》)은 특징들이 분명히 드러나는 독특한 서체에 의해 전통적 소설과 다르다. 만약 장르를 적절하게 분류할 수 있다면, 아마 독자에 의해 곧바로 인지되는 1인칭 소설들(카뮈의 《이방인》)과 3인칭 소설(《루공-마카르 총서》)로 분류하는 정도일 것이다.

---

7) 제라르 주네트, 《원텍스트 입문서》, *op. cit.*, p.26.

언어 사용역

고대 서사시의 대응으로 보이는, 어떤 점에서는 패러디적 역이라고 할 수 있는 소설은 풍자, 익살극, 장렬하면서도 익살스러운 극으로 그 영역이 한정되어야 하는가? 장르를 통시적으로 살펴보면 이런 주장에 유리한 수많은 예들을 찾아낼 수 있을 것이며, 특히 아우어바흐가 《미메시스》[8]에서 훌륭히 발전시켜 놓았다. 사실 몇 세기 동안 픽션에 대한 전형적인 편견에 갇혀 있었던 소설이 그 게토에서 벗어난 것처럼 보이는 것은 비교적 최근의 일이다. '천한' 장르(민중에서 나왔기 때문에?)인 소설이 희극처럼 오카생과 니콜레트, 돈 키호테, 캉디드, 또는 아풀레이우스의 《변신》에 나오는 당나귀 같은, 웃게 만드는 단순한 인물들을 연출하고 표현하는 것은 너무나 당연한 일이다.

게다가 소설은 '혼합' 장르이다. 소설은 화자의 이야기에다 인물들의 대화를 섞는데, 이들은 자신들의 사회적 위상과 개인적 특성에 적합한 언어를 말한다. 《운명론자 자크》는 '광견병'이라고 말하지 않는다. 그런 말은 하인에게 너무 유식한 말일 것이다. 발자크의 농부들은, 모파상의 노르망디 지역 사람들처럼 자신들의 사투리를 가지고 있다. 크노의 《자지》는 자신의 나이·성격, 혼란을 야기하는 자신의 역할에 맞는 아주 개인적인 언어를 쓴다. 《잃어버린 시간을 찾아서》의 베르뒤랭 부인은 그녀의 개인어로 쉽게 식별된다. 말로의 《인간의 조건》의 인물들은 말할 때의

---

8) 에리히 아우어바흐, 《미메시스》, Gallimard, 1968.

특징(언어 장애, 말더듬기, 반복……)으로 알아볼 수 있다. 다음성적인 효과는 이처럼 충분히 실현되고 있다. 베르나노스도 보수적인 중산층이 우아함을 흉내내는 모습을 은연중 즐겨 묘사한다(《사기》《악몽》). 언어의 수준들(천박한, 속물적인, 잘난 척하는……)은 이처럼 모든 경우에 인물들의 개인적이거나 집단적 특징들을 암시한다. '문학적' 문체 속에서 표현되는 작가는, 동질 서술적인 화자[9]로서 개입하지 않는 한(6.3 서술적 상황 참조), 이들 인물들에 대해 거리를 두고자 한다. 아우어바흐에 의하면, 소설이 '진지한' 작품의 위상에 도달하게 되는 19세기에 작가는 자신의 품격 있는 언어로 구별되며, 인물들은 자신들의 언어의 차이들을 통해 구별된다. 그러므로 이들 인물들의 본의 아닌 희극성은 어떤 풍자적인 의도를 유도한다.

1845년의 《감정 교육》 **첫 문장**과 1869년의 **첫 문장**을 비교해 보면 이 제목의 이중성이 드러난다. 이런 차이는 작가로서의 플로베르의 발전뿐만 아니라 발화 행위의 주체를 제거했다는 의미에서, 그리고 명확함과 특히 서술화를 더욱 깊이 있게 탐구했다는 의미에서 사실주의 소설의 '진보'를 보여 준다.

이 책의 주인공은 10월 어느 날 아침, 18세의 마음과 문학사 학위와 함께 파리에 도착했다.

그는 멋진 건축물에 찬탄하면서 생-드니 개선문을 통해 이 문명화된 세계의 수도로 들어갔다. 그는 거리에서 말과 나귀가 끄는 두엄 마차들, 사람이 끄는 빵 수레, 우유를 팔고 있는 우유장수 여자

9) 화자는 '나'를 사용하며, 작중의 한 인물과 동일성 갖는다. [역주]

들, 도로 가장자리의 도랑을 쓸고 있는 관리인 여자들을 보았다. 그곳은 매우 소란스러웠다. 우리의 주인공은 마차 문에 머리를 대고 행인들을 주의 깊게 바라보았으며 광고판들을 읽었다.

귀스타브 플로베르, 《감정 교육》, 1판.

1840년 9월 15일, 아침 6시경, 생-베르나르 부두에서 출발을 기다리는 라빌-드-몽트로호는, 커다란 소용돌이 같은 연기를 뿜어내고 있었다. 사람들이 헐레벌떡 도착했다; 커다란 통들, 굵은 밧줄들, 옷바구니들이 널려 있어 지나다니기가 쉽지 않았다; 수부들은 누가 물어도 응답이 없었다; 사람들은 서로 부딪쳤다; 짐꾸러미들이 두 개의 북 사이에 쌓여 갔으며, 철판에서 새어나오는 증기는 모든 번잡스러움을 하얗게 덮어 버리고 그 속에 묻어 버렸다. 배의 앞쪽에 있는 종이 끊임없이 울리고 있었다.

귀스타브 플로베르, 《감정 교육》, 2판.

두번째 판에서 사실적 효과들이 증가되고, 중요 인물은 진지하게 취급된다. 아이러니의 흔적들('우리의 주인공' '문명화된 세계의 수도')과 작가의 암묵적인 개입(첫번째 문장의 생략법에서 느낄 수 있는)은 사라진다.

20세기가 시작되는 시점에서 화자는 자신의 언어에서 새로운 '민주화'를 이루는 것 같고, 자신의 언어와 인물들의 언어를 통합시킨 듯 보이는 것은 바로 수사학적인 난폭함을 보여 준 쥘 발레스 같은 작가, 그리고 불타오르는 듯한 산문을 사용한 셀린 같은 작가가 나타나면서부터이다. 물론 어떤 작가들은 관습을 존중하고자 한다. 예를 들어 루이 페르고는 《단추들의 전쟁》에서 주로 구어체를 쓰는 전사들——어린이들——의 언어와 씌어진 것의 성격으로 미루어 볼 때, 이야기를 하는 이의 언어를 분할한다. 그러나 대체로 20년대의 대중 소설에서 지오노 혹은 사르트르를 거쳐 지앙에 이르기까지, 소설가의 언어와 인물들의 언어 사이에 삼투압 현상이 일어난 것 같다. 그리고 바로 이런 점이 고대에 관찰된 '혼합 장르' 의 개념을 일부 낡은 것으로 만든다.

베르트랑 블리에의 화자의 구문 구성은 인물들의 담화를 재생한 것으로 간주되지만 인물들의 구문 구성에 비해 전혀 다를 것이 없다:

> — 그래서 그에게 마치 빚이라도 진 것 같아…… 젠장 그래도 그의 어머니는 살해되었다고!
>
> — 그 말에는 반대라고 말했어…… 그녀를 죽인 것은 우리들이 아니야. (…) 마리-앙주가 먹을 것을 가지고 왔을 때, 곧 그녀에게 말해 주었다: 비옷을 벗을 필요 없어. 알자스로 도망갈 거니 우리와 같이 가자. 그녀는 이유를 묻지 않았고, 어디로, 어떻게 갈지도 묻지 않았다. 그녀는 아무것도 묻지 않았다. 단지 굉장히 기뻐했을 뿐이었다.
>
> 베르트랑 블리에, 《왈츠를 추는 여자들》, Laffont, 1972.

레이몽 장의 경우, 이 점에 관해 현대 소설의 중요한 경향 중의 하나를 보여 준다. 대화는 완전히 이야기체로 되어 있거나, 일반적으로 대화를 분리시키는 데 사용해 온 조판상의 기호들이 사라져 있다. 다시 말해 **인물들의 말과 화자의 서술**은 같은 **담화의 천** 속에서 뒤섞여 짜여져 있다.

나는 독서의 장점은 그가 믿고 있는 것 같은 사랑의 장점과 다르지 않다는 것을 이해시키려고 그와 조용히 이야기를 나누고 있다. 그는 어쩌면 그것이 사실일 것이라고 나에게 말하며 지금은 나를 사랑한다는 것, 그것뿐이라고 대답한다. 그는 그렇게 알고 있다. 그는 그것에 대해 확신한다. (…) 그는 말한다: 아주 좋아, 됐어, 지금 겨우 들리는 목소리로.

레이몽 장, 《책 읽어 주는 여자》, Actes Sud, 1986.

정의내리기는 불가능한가?

수많은 이론들

소설 이론가들은 너무나 많다. 자신들의 예술에 대해 심사숙고하며 자신들의 이데올로기적 위치나 문학적 기법을 정당화하는 것이 대부분의 소설가들에게 해당되기 때문이다. 19세기만 보아도 그렇지 아니한가. 《아탈라》(1801)의 첫판에 실린 샤토브리앙의 서문들을 포함해 스탈 부인의 《델핀》(1802) , 빅토르 위고의 《노트르담의 꼽추》(1831), 고티에의 《모팽 양》(1834), 공쿠르 형제의 《제르미뉘 라세르퇴》(1864), 부르제의 《제자》(1889)의 서문들을 인용할 수 있다. 이들 모두 각자 자신들의 방식으로 '소설의 기법' 과 자신들에 대한 변호 이상으로 장르에 대해, 그 원칙들과 합목적성에 대해 풍부하게 질문한다.

《인간 희극》(1842)의 서문에서 발자크는 사실주의 소설가의 객관성을 학설로 승격시킨다:

"우연은 세상에서 가장 훌륭한 소설가이다: 풍부한 결실을 위해서라면 그것을 연구하는 것밖에 없다. 프랑스 사회는 역사학자가 될 것이다. 나는 오직 비서로서 남아야 할 것이다."

졸라가 자신의 실증주의 신념을 넘어서 자연주의의 정당성을 제시한 것은 바로 《실험소설론》(1880)에서이다:

"우리는 필요한 것과 해로운 것 간의 역학 관계를 보여 줄 것이다. 우리는 인간과 사회의 현상들에서 결정론을 이끌어 낼 것이며, 이것은 그 현상들을 지배하고 이끌 수 있기 위해서이다. 한마디로 말해 우리는 우리 시대와 더불어 자연의 정복이며, 현저하게 증가된 인간의 힘인 위대한 작품을 위해 일할 것이다. 그러니 우리 쪽에서 이상주의적 작가들이 하고 있는 것을 보라. 그들은 비이성적이고 초자연적인 것에 의지하고 있다. 이들의 도약은 형이상학적 혼란으로 깊이 떨어지게 되어 있다. 이제 힘을 가진 것은 바로 우리이다. 바로 우리가 윤리이다."

마침내 모파상과 그의 '소설 연구'(《피에르와 장》의 서문, 1887)와 더불어, 더욱 신중해진 객관성의 개념에 이르게 된다. 그는 객관성을 사실의 충실한 복사보다 오히려 어떤 문화적 합의로 제시한다:

"'사실임직함'은 사실들에 대한 일상적 논리를 따르면서 사실이라는 완전한 환상을 주는 것이지, 사실들을 뒤죽박죽 나열하면서 사실들을 맹목적으로 전사하는 것이 아니다.

이 점에서 재능 있는 사실주의자들은 차라리 마술사라고 불러야 할 것이다.

게다가 우리 각자가 우리들의 현실을 우리들의 생각과 기관 속으로 옮겨 놓는다고 해서 사실로 믿기란 얼마나 순진한 일인가."

현시대와 더 가까이 있는 쥘 로맹은 《선의의 사람들》(1932)의 서문에서 일체주의에 대해 예찬한다. 프랑수아 모리아크는 《소설가와 그의 인물들》(1933)에서 아주 전형적으로 말한다. 그리고 장 폴 사르트르의 비평들은 편향적인 관심 탓으로 방황하는 것이 보이지만, 사실주의 소설의 황금시대인 19세기에서 우리들이 물려받은 서술적인 관념들이 이루어 낸 논리적 성취들과 결정적으로 일치하는 태도와 전혀 반대일 수는 없다(《모리아크와 소설》, in 《상황 I》, 1947).

진정한 혁명은 누보 로망에서 나오게 된다. 논쟁적인 동시에 기본적인 이들의 논고들은 나탈리 사로트의 《의혹의 시대》(1956), 알랭 로브 그리예의 《누보 로망을 위하여》(1963), 미셸 뷔토르의 《소설에 관한 에세이》(1964)에 수록될 것이다.

그 뒤를 이어 선언문들이 나타난다. 권두어, 저자 소개문, 부록, 선언문들이 홍수를 이룬다. 플로베르의 경우는 더욱 흥미롭다. 그는 귀한 정보들을 내놓지만, 자신의 개인 서신에서만 말할 뿐이다. 실상 그의 편지들은 원래의 수신자들보다 더 광범위한 대중에게 전해진다. 외국에서처럼(헨리 제임스는 1884년에 《소설의 예술》을 발표하는데 유럽 대륙의 작가들에 대해 무관심하지 않다), 프랑스에서도 번갈아 소설가들은 자신들의 방법들을 제시한다. 그들은 그 자체 변하고 있는 어떤 현실, 발전되는 신념들이나 계속 변화중인 인식들에 대해 새로운 문체를 통해 어떤 방식으로 이해하려고 하는지를 보여 준다. 다행히도 이런 태도를 잘 요약하면서도 현대성의 과도함을 설명해 주는 표현은 사르트르에게서 나온다: "소설 기법은 항상 소설가의 형이상학과 관련된다." 그러나 이런 '소설 기법들'(더욱이 프랑스에서 이런 표현은 사용되지 않는다)은 표준 모델로, 하나의 규범집, 하나의 시학으로 간주될 수 없을 것이다.

규칙의 부재

호레이스에서부터 부알로·베를렌·콕토를 거쳐 크노에 이르기까지, 서정적이고 극적인 시의 역사는 우연이 결코 발붙일 수 없는 '시학'으로 점철되어 있다. 글쓰기는 규범화된다. 글쓰기에는 정해진 형식이나 기법상의 제약들이 부여된다; 영감 그 자체, 주제의 선택, 이들을 발전시키는 방식은 분명한 규칙들에 따라야 한다. 이에 비해 소설은 전적인 자유를 누리는 것 같아 보인다. **복합적이고 이질적인 기호학적 대상**인 소설은 파악할 수 없어 보이며, 정의를 내리려는 모든 시도에 저항한다.

우연한 현실(르 클레지오는 책의 주제와 상관없는 일부 텍스트들을 사용한다)이나 유사 장르에서 차용하는 일은 수없이 일어난다: 쥘 르나르의 《홍당무》의 대화로 된 연극적 장면들; 편지, 일기의 예들을 무수히 보여 주는 《사전꾼들》; 몽테를랑의 《젊은 여자들》의 신문 기사; 앙드레 말로의 《희망》의 도입 부분의 전보와 라디오 정보……. 모든 것이 가능하더라도, 소설이, 그것이 무엇이든간에 제약을 주는 어떤 것에서 벗어난다고 하더라도, 그것은 작가의 단순한 변덕이나 우연한 영감에서 나타나는 것이 아니다. 문화적 습관들, 암묵적인 규칙들, 문학적 통념들이 모여서 시학을 이루는 것이다.

통념들의 총체

소설이 무엇인가에 대해 자문한다는 것은 아마 무엇보다 다음과 같은 질문을 스스로에게 던지는 것이 될 것이다: "독자는 그와 같은 것으로 무엇을 느끼게 되는가?" 또는 "소설가는 어떻게 작품을 구상하는가." 이런 것은 창조의 시학이라기보다 (중복법이 허용된다고 가정하더라도) 차라리 회고 차원의 시학에 관한 것으로, 하위 부분에 위치하며 독서, 생산된 효과의 차원에 속한다. 역설적으로, 소설 작품을 결정짓는 것으로 보이는 것은 바로 **수용의 조건들**이다. 또는 야우스의 말을 빌리자면 '장르적 기대 지평선(horizon d'attente générique)'[10]이다.

이처럼 송신자는 애매한 상황에 처하게 된다. 그는 자신의 작품을 만들어 내는 데 있어, 마치 자신이 그렇게 원하는 것처럼 전적으로 자유롭다(학자들에 의해 비방당하지 않기 위해 고대인들의 원칙들을 따라야 한 고전 시대의 극작가들과는 반대로). 그러나 한편 아방가르드적인 도전을 하면서 독자층을 기꺼이 잃어버리지 않으려면 잠재 독자들의 문화 코드로 써야 한다. 인준이란 미리 되는 것이 아니며, 기존의 규칙들을 존중하거나 거부하는 것에도 있지 않으며, 바로 뒤에 독자층을 중심으로 형성되는 성공이나 실패에 의한다. 요즈음 경제적 성공은 일반적으로 문학상(공쿠르나 다른 상)을 타게 됨으로써 증명되는 상징적인 인준이 동반된다.

《운명론자 자크》에는, 비록 막연하고 암묵적일지라도 강제성을 띤 집단적 통념들에게 충성을 서약하지 않을 수밖에 없는, 소설가의 불가피한 입장을 보여 주는 예들이 무수히 많다:

"약간의 상상과 문체로 소설 하나를 만들어 나가는 것보다 더 쉬운 일은 없다. (…) 이른바 모욕적인 말, 논쟁, 뽑아 든 검들, 모든 규칙들간의 싸움판이 일어날 수 있을 것이다."

반대로 소설가가 이런 소통 규약을 피한다면——디드로의 경

10) H. R. 야우스, 《수용미학에 대하여 *Pour une esthétique de la réception*》, Gallimard, 1978.

우처럼——텍스트는 소설적인 것으로 받아들여지지 않을 것이다. 비판적이며 무정부주의적 관점에서 지드는 소설적인 상황들의 사실임직하지 않음을 폭로한다: "나는 사실들을 현실보다 진실에 더 적합하도록 배열한다"라고 그는 《늪지대》에서 말한다. 그는 모파상이 은연중에 내세운 사실주의적 협약에 응답한 것으로 보인다(앞 참조).

그런데 소설이 객관성이나 중립성을 고수하려는 의도가 무엇이든간에 관례(예를 들어 장으로 나누는 것), 기법(동시적인 서술, 내적 독백), 진행 방식(서술/묘사의 교차)이라는 이 모든 것에서 벗어날 수 없다. 이런 것들은 선입관, 그 당시의 한 집단이나 한 사회가 넓게 공유하고 있는 인지적 반응이라는 이 모든 것에 종속되어 있는 한에서만 현실의 엄밀한 관찰에 적합한 것으로 나타난다. 졸라는 이런 애매한 사실주의적 진실을 승승장구하는 과학주의에 대한 당당한 신념을 가지고 솔직하게 표현하고 있다:

"작품은 조서일 뿐이다. 작품은 정확한 관찰이라는 장점과 분석, 사실들의 논리적 연결을 통해 보는 다소간 심층적인 통찰일 뿐이다."(《실험소설론》)

그런데 소설가는 바로 자연스러운 사건들에 어떤 논리를 부여하면서 우연을 제거한다. 소설가는 하나의 의미 체계의 도움을 받아 혼란을 조직하며, 일화와 다양한 사실들에 플롯의 필수적인 특징을, 나아가 운명을 부여한다. 위고적 서사시의 가장 투박한 효과들은 특히 《93》에서, 글자 그대로 아리스토텔레스의 《시학》의 기법들을 적용한 것으로 보인다. 그리스 철학자는 다음과 같이 밝히고 있다: "우연을 작동시킬 때, 의도적으로 만들어진 것 같은 가장 놀라운 것들이 나타난다. 예를 들어 아르고스에 있는 미티스 상이 그런 경우인데, 미티스를 죽인 살인자가 어떤 광경을 보고 있던 중 이 조각상이 그에게로 떨어져 그가 죽는 것과 같은 경우이다. 그런 사건들은 우연히 일어난 것으로 보이지 않는다. 그러니 이런 장르의 이야기들이 당연히 가장 아름다운 것이다." 위고는 자신의 소설을 모든 기대치와는 반대로 가장 치열한 두 적대자들을 연결시키면서 끝을 맺는다:

"고뱅의 머리가 바구니 속으로 굴러들어갔을 때, 시무르댕의 가슴에 한 발의 총알이 뚫고 지나갔다. 입에서 피가 솟구쳤고, 그는 쓰러져 죽었다.

그리고 비극적 천생연분인, 이 두 영혼은 함께 날아갔다. 서로의 빛과 그림자로 하나 되어."

마찬가지로 《고급 주택가》에서, 아라공은 플롯을 강화시키기 위해 에로스와 타나토스를 공간적으로 하나로 묶으면서 비장한 느낌을 심화시켜 나간다: "아르망은 놀랄 듯 허공을 향해 손을 내저으며 몇 발자국 내딛었다. 그러자 이제는 더 이상 땅에 닿아 있지 않는 한 덩어리가 보였다. 앙젤리크의 검푸른 몸은 사랑을 알았던 그곳에 매달려 있었다." 장소의 일치는 비록 맹목성으로 인해 잠시 고통스러웠지만, 삶이 어떤 의미를 가질 수 있다는 점에 대해 의혹을 던진다. 게다가 아라공은 암시적 간과법을 사용하여, 자신의 주인공에게 형이상학적 문제를 제시한다: "이 모든 끔찍한 일들은 무슨 관계였으며, 그 의미는 무엇이었나? 그는 그것을 말할 수 없었다. 그는 방안이 없었다." 소설은 이미 코드화된 자료, 그 자체 신화적 반향을 가지고 있는 자료를 잘 이용하고 있다. 그는 사실을 가지고 작업하기보다 훨씬 더 문화적 기호들을 가지고 작업한다.

열린 책

소멸되었거나 혹은 여전히 사용되고 있는 몇몇 장르들은(비극, 소네트, '이야기체 시' 같은) 고정된 형태들을 요구하며, 아주 엄격한 결합을 따르며 자유로운 해석은 거의 불가능하다. 이와 반대로 소설은 폭넓게 다의미적인 작품으로 나타난다. 다양한 화용론적인 상황을 위해 다른 의미들을 전달할 수 있는 서술 형태를 움베르트 에코의 **열린 책**[11]의 개념을 빌려 설명코자 한다.

정보 전달의 미학에 의거해 말하자면, 소설 작품이란 명백하게 완성되었음에도 불완전한 메시지라고 할 수 있다. 미리 결정된 구조를 결코 갖지 않는 소설은 모든 예측 가능성에서 벗어난다. 그럼에도 자신을 이해시키려면 몇 가지 책략들을 존중해야 하거나, 새로운 가독성의 규범을 정립하는 **아비투스**를 창조해 내야 한다. 소설이 언제나 현대성을 보유하게 되는 것은 수신자의 기대와 송신자의 독창성 사이에서, 항상 변화할 줄 아는 균형을 세우는 데서 가능하다. 이처럼 《적과 흑》의 의미는 19세기의 독자들이나 대학 비평이나 현대의 대학생들에게 모두 같은 것이 아니다. 본래는 '행복한 소수'에게 한정되어 있었던 스탕달의 소설들은 이후 가장 많이 읽힐 뿐만 아니라 가장 많이 팔리는 책들 중에 속한다.

닫힌 책은 단일한 의미하에서 문자 그대로의 해석을 전제한다.

---

11) 움베르토 에코, 《열린 책》, *op. cit.*

문헌학의 모든 작업은 텍스트의 이런 유일한 이해를 정립하는 데 있다. 열린 책은 다가치적이다. 열린 책은 저자를 벗어나고 생산되었던 시대와 사회적 범주를 뛰어넘으며 때로는 만들어 낸 이의 처음 의도와는 전적으로 대립될 수도 있는, 진위를 결정지을 수 없는 새로운 의미들을 담아낼 수 있다. 기호들의 양가치성에 의해 만들어진 반의미는 그 자체 비옥하다. 모파상은 자신의 여러 소설처럼 단편들의 종결부에서, 작품의 이런 이중성을 다양하게 보여 준다. 《벨 아미》의 끝은 실제로 무엇을 나타내는가? 부도덕의 승리인가, 아니면 유물론의 분명한 승리에 대한 모순적인 시선인가? '파리 민중'이 주시하고 부러워하는 조르주 뒤 루아, 부유한 쉬잔과 팔짱을 끼고 라 마들렌 성당의 계단을 내려오는 그는 최고의 성공의 이미지를 보여 주는가, 아니면 완벽한 바보짓을 보여 주는가? 텍스트에서는 어떤 기호도 뚜렷이 보여 주지 않는다. 기꺼이 결론을 내리지 않는 그러한 구조에 오직 독자만이 자신의 의미를 부여할 수 있다: 소설은 끝나지 않는다.

독백론과 대화주의

아마도 앞으로는 독립적인 미시-서술(micro-récits)군으로 나누는 분류 방식이나, 혹은 연재 소설가들처럼 '다음 이야기에서 계속됨'이라고 공고하면서 아주 적시에 이야기를 멈추어야 할 필요가 없음을 보여 줄 수 있을 것이다. 마찬가지로 '끝'이라는 말은 이제는 더 이상 현대 소설에서 어울릴 수 없으며, 있더라도 모순적인 의도에서나 그리고 복고풍처럼 느껴지는 문체를 모방하려고 할 때나 가능할지 모른다.

동시에 분명한 메시지를 전달하는, **독백적인** 닫힌 이야기('경향소설'이 이런 닫힌 이야기들의 가장 희화적인 모습들을 보여 준다)보다 다양한 의견들의 대면을 가능케 하는 **대화적인** 작품들에 의해 암묵적으로 전달되는 문화적 상대주의가 더 선호된다. 이런 작품들은 분명하게 형성된 가치론에, 신념들의 총체에, 오스발드 뒤크로의 전제에 대한 분석이 드러내 주는 '명백한' 자료들에 근거한다. 뒤크로에 의하면, "말한 것에 책임지지 않고서도 들리게 하는 암묵적인 표현 방식들을 재량껏 사용하는 것이 필요하다."[12] 이런 표현 방식들은 코드화되어 있는가, 아니면 해독의 어떤 시도에도 요지부동인가? 이들은 저자 자신에게서도 벗어나는가? 패러디의 표지들――아이러니적 상황을 재활성시키는 것만 제외――은 텍스트 송신자의 행위가 아니라 그것을 **해석**하는 독자의 행위에 달려 있는가? 아라공의 《고급 주택가》에서처럼 "아주 젊은 남자들의 육감성은 매우 제한되어 있다"라고 말하는 것은 최종 행동들의 사실임직함에 동기를 부여하기 위해 쓰일 수 있다. 이것은 어쨌든 나이든 남자들(혹은 여자들)의 육감성이 더 완전하다는 것을 암묵적으로 말한다. 그러나 뫼르소에게 가해진 판단의 복합성(검사, 변호사, 자선가, 신문기자, 그의 친구들이나 마리 자신)에도 불구하고 그 누구도 그것이 무의미한지 혹은 아닌지 말할 수 없을 것이다. 그의 태도가 무엇을 암시하는지는 더욱더 말할 수 없을 것이며, 하물며 카뮈가 그것에 대해 어떻게 생각하는지에 대해서도 말할 수 없을 것이다. 누구도 아당 폴로의 일기에서 말들

12) 오스발드 뒤크로, 《말하는 것과 말하지 않는 것 *Dire et ne pas dire*》, Hermann, 1972.

이 어디에서 오는 것인지, 왜, 누구를 통해 말해지는지 알 수 없다. 르 클레지오가 불러일으키는 것은, 소설 제목이 (짓궂게) 예고하는 것처럼 하나의 소송이다.

2. 소설적 서술 유형에 대하여

앞장에서 소설의 여러 유형들을 구분하려는 시도가 상당한 어려움을 야기할 수 있음을 보았다. 기준들은 서로 다를 뿐만 아니라 텍스트의 구성 요소들을 관찰하는 것보다 주제 평가라는 주관성과 더 관련되어 있다.

소설적 서술 유형을 이끌어 낸다는 것은 더욱 조심성을 갖고 행해야 하며, 정확성을 기해야 하는 일이다. 소설 세계를 정렬시키고 구조화시키는 기호들——대부분 언어학적 체계에 속하는——의 위치를 파악해야 한다. 쉽게 찾아낼 수 있는 형태적 특징들에 의존하는 연구자의 시도는 기호학과 유사하다. 시니피앙을 알아낸 후 조합 관계를 세울 수 있을 것이며, 관련된 코드의 작동 규칙들을 이끌어 낼 수 있을 것이다.

그렇다고 해서 문제들이 사라지는 것은 아닐 것이다. 편의상 네 종류의 검증에서 출발하고자 한다: **소설가는 이야기한다**(raconte), **묘사한다**(décrit), **담화한다**(discourt), 또는 **말하게 한다**(fait parler). 이 방식을 달리 표현하자면 서술적(narratif) · 묘사적(descriptif) · 담화적(discursif) · 구두적(oral)이라고 할 수 있다. 화용론 차원에서 이런 유형학은 어떤 장점과 한계가 있을까?

서 술

파라텍스트

《아탈라》(샤토브리앙의 소설로 **프롤로그**, 2부로 나누어진 **이야기**, **에필로그**로 구성되어 있음)를 읽기 전에 독자는 진정 투사와 같은 여정을 해야 할 것이며, 주, 해설, 역사 설명, 분석적인 논평들과 문학전문가들이 쓴 다른 사용 방식들도 섭렵해야 할 것이다. 예전에 상당히 대중적인 인기를 얻은 이 이야기는 차후 '학술적인' 출판물로만 존재하게 된다. 게다가 이런 인내조차도 이 작품이 재출판될 때마다 샤토브리앙 자신이 붙인 여러 가지 서문과 수정한 의견들을 대하게 되면 시험대에 놓이게 될 것이다. 이런 경우는 예외적이지 않으며, 소위 텍스트라는 것에 도달하기 전에 거쳐야 하는 건물 정면(frontispices), 층계참(paliers), 문턱(seuils)으로 만들어 놓은 제라르 주네트의 목록[13]을 보면 더욱 분명해질 수 있다.

픽션의 세계로, 플롯으로 들어간다는 것은 모든 관례가 존중되었고 다음과 같은 여러 문들을 넘어섰다는 것을 전제한다: 제목, 경우에 따라서는 제목 앞에 나오는 부제목(sur-titre)(지오노의 《장르 블뢰》는 〈바람의 통과〉 앞에 나온다), 제목 다음에 나오는 부제목(sous-titre), 다양한 서문, 헌정문, 권두의 단평……. 실제 세상으로 돌아올 때는 후기나 다양한 부록문과 같은 다른 갑문을 통과하게 될 것이다. 메타 언어적인 환경에서 그런 경쟁적 제시는 무엇 때문에 있는가? 제목 달기, 책 서두에 붙이는 제사, 문맥에

13) 제라르 주네트, 《문턱들》, *op. cit.*

관련된 참고 사항의 기능은 분명히 작품을 어떤 속, 시리즈, 주제 혹은 인물의 계보 속에 놓기 위해서이다. 그러나 이런 거추장스러운 표시 도구의 역할은 분명히 서술적인 텍스트의 다의성을 축약시키려는 의도로만 볼 수 없다. 발자크가 《신비로운 도톨가죽》의 시작 첫머리에 놓은 스테른(Sterne)의 상형 문자는 차라리 수수께끼 같다. 스탕달이 《적과 흑》의 장들 첫머리에 놓은 주들은 ——문학적이든 아니든——또는 빌리에 드 릴라당이 자신의 《잔혹한 이야기들》의 이야기들을 시작할 때마다 놓은 주들은 아마 패러디적일 것이다. 파스칼 퀴나르의 《샹보르의 층계》의 24장(왜 하필이면 이 숫자인가?)을 여는 인용문들(에우리피데스, 그리피우스, 소동파)은 무언가 꿈꾸게 하는 것이 있다.

권, 편, 부, 하위 부(sous-parties), 장 등(5.1 〈분할〉 참고)으로 나뉠 때처럼 텍스트 상호성을 통해 공적이거나 사적인 우연적인 사건들은 이야기의 위상을 갖추게 된다. 텍스트 상호성을 통해 현실은 우리들의 심적 구조에 적합한 논리적 범주 속에 자리잡는다. 한 주제에 대한 변이형(예를 들어 율리시스 신화와 그의 수많은 변형들, 또는 여전히 오이디푸스적인 탐색), 어떤 금언이나 전제의 확장, 때로는 원형 구조를 단순히 늘어놓은 설명, 창조만큼이나 재창조인 이야기는 대부분 이미 코드화된 세계의 모방이다. 그것은 새로운 **연사적** 조합을 따라 재구성되는 잠재적인 **계열**을 활용한다.

텍스트

이야기(récit)라는 단어의 의미론적 영역은 여러 개념을 포함한다. 때로는 소설이나 단편과 같은 이웃 문학 장르를 지칭하기 위해 사용되기도 하며(예를 들어 테오필 고티에의 《환상적 이야기들》), 때로는 바로 자신의 이야기나 다른 이야기를 이야기하는 어떤 인물의 담화와 유사하기도 하다. 어떤 '삽화' 소설들은 삽입된 많은 이야기들을 가질 수 있다(르사주의 《질 블라스》). 끝으로 이야기란 소설에서 이야기된 것이라고 할 수 있다. 그러나 소위 서술이라는 것과 이야기된 사건들을, 또는 이 표현을 더 좋아할지 모르지만 이야기의 서술(narration de l'histoire)과 서술된 이야기(l'histoire narrée)라는 것을 구분해야 한다(〈이야기/담화의 대립〉 참조, 이야기된 사건들(histoire)의 시간과 서술(récit)의 시간의 대립).

소설적인 이야기는 다음과 같은 형태-통사론적 형식과 논리-의미론적 형식의 여러 특징들을 통해 정의되어진다: 단순 과거, 과거 시제, 서술을 위한 현재 시제의 사용, 지시소, 행위 동사, 보통 문법적인 관계에 의해 일치되는 문장들(종속)이나 주제적 관계에서 일치되는 문장들(병렬 구조).

예:

> 뇌브-생-토귀스탱로, 마차들이 혼잡을 이루자 세 개의 가방을 실은 마차가 멈추어 섰는데, 리옹역에서 옥타브를 태워 가던 중이었다. 젊은이는 11월 어두운 오후의 이미 상당히 차가워진 날씨에도 아랑곳하지 않고 문의 유리창을 내렸다.
>
> 에밀 졸라, 《살림》의 도입부.

이야기 자체가 세부 묘사나 추상적인 서술자를 대체하는 인물-증인의 현존을 배제하지 않는 것은 바로 이 짧은 발췌문에서 볼 수 있을 것이다. 이처럼 허구(창조된 인물)와 현실(재현된 도시) 사이의 관계에 대한 문제, 쓰는 시간, 더욱이 읽는 시간과 플롯의 시간 사이의 문제가 제시된다. 케테 함부르거는 현실의 처음 시점에서 허구적 서술로 나아가는 과정을 적절하게 분석하며, "그가 나타나는 순간, 과거 시제는 과거를 서술하는 행위로서 느껴지지 않으며 관련된 인물들과 사건들은 오히려 즉각 그 순간에 '처하게 된다'"[14]라고 말한다.

디제시스와 미메시스[15]

플라톤(《국가》)에 이어, 순수한 이야기와 모방 (또는 흉내나 재현) 사이를 분리할 수 있게 된다. 제라르 주네트는 **'디제시스와 미메시스** 간의 아주 오래된 대립'[16]이라고까지 말한다. 이론적 차원에서 이런 이분법은 흥미롭다. 이런 분리는 이야기와 단지 기능적으로 유익한 정보들을 동일시하게 하며, 생동감 있고 상황적인 지시들, 사실 효과와 지시적인 환상에서 우연으로 보이는 다른 세부 묘사들을 포기하도록 한다.

동시에 주네트는 디제시스에서 미메시스로 가는 이 축 위에 다양한 단계를 가진 서술자의 존재를 놓을 수 있다고 생각한다. 이야기가 전적으로 서술자를 필요로 하면서도 가장 성공한 허구란 서술자가 최대한의 투명성에 이르게 되는, 즉 "미메시스가 최대

14) 케테 함부르거, 《문학 장르들의 논리학 *Logique des genres littéraires*》, Le Seuil, 1986, p.86.

15) 디제시스: 서술된 사건들이 일어난 허구의 세계, 미메시스: 텍스트 외부 현실의 복제.〔역주〕

16) 제라르 주네트, 《문채 III *Figure III*》, Le Seuil, 1972.

한의 정보와 최소한의 정보제공자에 의해 정의되고, 디제시스는 이와는 역으로 정의될 때"[17]이다.

그렇지만 이런 상황은, 주네트가 프루스트의 이야기를 가지고 일종의 반증을 대립시키기에는 상당히 복잡하고 역설적이다. 예를 들어 콩브레의 석양 장면은 모사적 힘이 희박한 가운데에서 나온다. 이 장면은 동시에 마르셀이라는 인물-증인의 중재를 필요로 하는데, 그는 추억이라는 강렬한 감정을 가지고 그 장면을 생각한다.

그러므로 결국 디제시스(순수한 사건들 이야기)와 '말로 된 이야기' 라는 의미에서의 미메시스(혹은 묘사이기도 한) 사이에 근본적인 대립을 유지하는 것은 어려운 것으로 보인다.

묘 사

외부 공간

롤랑 바르트의 독설에 따르면, 묘사가 건너뛰어도 별 지장 없는 페이지들에 해당되지만[18] 묘사가 어떤 점에서는 무상의 장식이거나 이야기를 인지하는 데 직접적으로 필요하지 않는 백과사전적인 지식을 담고 있기 때문이다(〈이야기된 사건과 이야기하기〉 참조. 무연 모티프와 유연 모티프 간의 구조주의적 분석에 의한 차이 참조).

고전적 전통에서, 묘사된 문단은 사실상 상당히 자율적이다. 대

---

17) 제라르 주네트, 《문채 III *Figure III*》, Le Seuil, 1972.
18) 롤랑 바르트, 《텍스트의 즐거움 *Le Plaisir du texte*》, Le Seuil, 1973.

체로 여백에 의해 분리된 '판'은 어떤 독립성을 즐긴다. 즉 기원적인 차원에서 묘사는 서술적 시퀀스 사이에 놓여지지만, 이 시퀀스보다 먼저 혹은 나중에 구상되었을 수 있다.

예를 들어 스탕달이 《적과 흑》 4장(아버지와 아들)에서 자세하게 기술한 제재소의 장면이 그런 경우이다. 항상 텍스트 생산의 장치를 즉각 분해해 버리는 산 안토니오는, 마치 《그것은 분명 사실이다》의 어떤 구절에서처럼 자주 진행상의 전략을 강조한다:

성대한 연회실이라니!

그 방은 너무나 화려하다, 당신에게 있는 그대로 보여 주지 못할 거다.

사실상 그런 것이 나에게 무언가를 이야기해 줄 수 있을까? 작가의 어떤 만족인가? 그렇다고 봐야지. 그래, 그것이 진실이다. 나는 여전히 그런 것에 예민하다. 나는 오로지 나만을 위해, 나에게 그 방의 금, 돈, 빛, 자줏빛 천, 비단, 견직물, 조각상, 금은 세공품, 이런저런 물건들, 인도의 그림들, 향료들, 검은 표범 가죽 위에 잔뜩 뿌려진 장미잎들, 뿌루퉁해 보이는 부처상들, 청동빛 청동 조각들, 칠보를 박아넣은 벽들, 거대한 인체도, 아세틸렌 흡입기, 사산된 새끼 숫양, 해마의 상아, 매듭머리의 버섯 모양의 못들, 흰 반점의 숫노루, 그리고 그밖의 것들…….

그래 그것들을 나에게 열심히 그려 보이기 위해서이지. 그곳에서 나를 기다리시오! 당신에게 인내를 요구할 그렇게 썩 재미있지도 않은 이야기를 당신에게 하려고 한다오.

산 안토니오, 《그것은 분명 사실이다》, Fleuve noir.

묘사는 이처럼 진짜 장소와 일치하는 것 같아 보인다. 묘사는 대체로 문법적이고 공간적이라는 이중의 관례에 순응한다:

— 현재나 반과거로 이동

— 상태 동사;

— 중심 인물의 주변 공간의 구조화

— 배경에서 전경의 단계적 차이 두기(배경의 깊이). 《여자의 일생》의 다음 전경은 사실주의적 묘사가 생성되는 여러 단계들을 보여 준다:

> (잔은) 일어났다, 그리고 맨발, 맨팔로, 유령 같아 보이는 긴 잠옷을 입고, 환한 빛이 쏟아지는 마루를 지나 창문을 열고 바라보았다.
>
> 밤이 너무나 밝아 대낮처럼 보였다; 소녀는 옛날 어린 시절부터 좋아했던 이 지방의 모든 곳을 알아보았다.
>
> 그녀 앞에 버터처럼 노란 풀밭이 달빛 아래 드넓게 펼쳐져 있었다. 커다란 나무 두 그루가 성 앞 하단에 서 있었다. 플라타너스는 북쪽에, 보리수는 남쪽에.
>
> 드넓은 초원 끝에는 작은 관목 숲이 있었는데, 아주 오래된, 느릅나무들이 비틀리고, 짧게 깎여지고, 바람에 닳고, 항상 휘몰아치는 바닷바람에 의해 지붕처럼 비스듬히 깎여진 채 5열로 높이 심어져 있어, 먼바다의 폭풍우로부터 이곳을 보호해 주고 있었다.
>
> 이런 종류의 공원에는 오른쪽과 왼쪽에 노르망디 지역에서는 푀플르(peuples)라고 하는, 무척 커다란 포플러가 심어진 길다란 길이 나 있었다. 이 길은 주인들의 주거지와 여기에 이웃하고 있는 두 농가 사이를 지나가고 있었다. 한 농가에는 쿠이야르 일가가, 다른 한 농가에는 마르탱 일가가 살고 있었다.

기 드 모파상, 《여자의 일생》, 1장.

여기에서는 시선의 중요성, 동사 시제의 변화, 줄바꿈으로 구분되는 장면들의 단계적 진행을 볼 수 있다. 우선 잔에게 향해진 초점화는 곧이어 그녀가 보는 광경으로 넘어간다. 이 묘사 부분에서 인물은, 추상적인 작가에 의해 분석된 대상에서 인지하는 주체로 된다. 서술에서 묘사로의 이동은 그러므로 시점의 용어로 분석될 수 있으며, 여기에서 역설적으로 외부 공간은 내면화된다. 즉 주관적 사실주의의 기법은 외부 공간을 심적 이미지로 변화시킨다. 《고리오 영감》에서 벌어지게 될 가족적 비극에서 배경으로 쓰이는 생-자크 동네와 보케르 하숙집에 대한 긴 묘사는 전혀 다른 문제가 될 것이다. 모파상은 하나의 감성을 통해 풍경을 표현한다. 반면 발자크는 '배경을 세우고' 그 속에 자신들의 인물을 위치시킨다.

묘사의 기능

묘사가 단지 사실을 '보여 주는 것' 으로만 쓰이지 않는다는 것은 분명해 보인다. 묘사는 보이는 세상을 그리기보다 내면적 공간에 대해 가르쳐 준다. 묘사의 의미는 지시적인 것만큼이나 맥락적이다. 《감정 교육》에서 파리가 많이 출현하는 것은 독자에게 프랑스의 수도에 대해 가르치려는 목적에서가 아니다. 그것은 일종의 투사를 통해 설명되는 프레데릭의 정신 상태와 관련된다.

베르나노스의 피카르디 시골 지방의 황량한 지평선들이나 모리아크의 랑드 지방 숲의 사나운 바람 소리에서도 마찬가지 대환법을 볼 수 있다. 풍경이 반영하는 것은 도니상 신부의 불안, 테레즈 데케루의 고독 같다. 예를 들어 똑같은 상징적 의도가 《도피의 책》에도 있는 것 같다. 그러나 여기에서 의미를 부여하기는 어려운 일이다. 주제를 다양화하고, 파라텍스트를 보편화하며, 하찮은 것을 일반화한 르 클레지오는 세상을 해체하고자 하며, 인물을 사물화하거나 묘사를 파괴하고자 하는 데서 오직 부조리한 인상만을 남기려고 하는가?

홀은 수많은 거울들의 반사로 완전히 하얗게 보였다. 중앙 입구 가까이에 전자 시계가 하나 있다. 네모난 시계판 안의 작은 덧문에서는 숫자가 규칙적으로 바뀌면서 빠르게 돌아가고 있다:

15 05

15 06

15 07

15 08

15 09

15 10

15 11

마이크를 아주 가까이 대고 말하고 있는 여자들은 별반 중요하지 않은 일들을 전하고 있다. 남자들은 가죽의자에 앉아서 기다리고 있다…….

J. -M. G. 르 클레지오, 《도피의 책》, Gallimard.

현재 시제의 애매함

현재 시제는 다양한 가치들을 지닌다. 이 시제는 과거(서술의 현재)만큼 초시간적인 것(보편적 현재)도 잘 표현할 수 있다. 정의로서의 묘사는 기꺼이 현재의 도움을 받는다: "물을 사용하는 톱(une scie à eau)은 시냇가에 있는 헛간으로 되어 있다. 지붕은 네 개의 굵은 나무 기둥들이 받치고 있는 골조로 지탱된다……."(스탕달) 하긴 현대 소설은 이처럼 부분적으로 시간적 대립을 기초로 하는 이야기/묘사라는 전통적 구분을 없애면서, 현재 시제의 사용을 체계화하는 경향이 있다. 다음 문장은 시몬 드 보부아르의 글에서 발췌한 것이다.

> 아주 특이한 10월이군, 지젤 뒤프렌이 말한다; 그들은 인정한다, 그들은 웃는다, 여름의 열기가 청회색 빛 하늘에서 내려오고 있다.
>
> 시몬 드 보부아르, 《아름다운 영상들》, Gallimard.

이 문장은 물론 이렇게 바뀌어 씌어질 수 있을 것이다:

"아주 특이한 10월이군, 지젤 뒤프렌이 **말했다**(단순 과거); 그들은 **인정했다**, 그들은 **웃었다**(또는 **웃고 있었다**), 여름의 열기가 청회색 빛 하늘에서 **내려오고 있었다**."

시점들의 놀이와 마찬가지로 주제/대상, 순수한 이야기와 묘사 간의 분할을 알아볼 수 있다.

반대로 로브 그리예의 '해변(La Plage)'의 시작 부분에 사용된 현재 시제는 어떻게 설명될 수 있는가?

> 세 명의 아이들이 모래 언덕을 따라 걸어간다. 그들은 서로의 손을 잡고, 나란히 앞으로 나아간다. 그들은 거의 키가 같아 보인다, 그리고 물론 나이도 열두 살쯤으로 같아 보인다: 그래도 가운데 있

는 아이가 다른 아이들보다 약간 작다.

알랭 로브 그리예, 〈해변〉 in 《스냅 사진》, Minuit.

묘사의 표지들은 사건을 이야기할 때의 특징들인 행위 동사들과 함께 섞여 있다: 모음집이라는 제목에 걸맞게 텍스트는 묘사되고 있는 (또는 이야기되고 있는) 이미지를 영원히 고정시킨 듯하다. 사용된 시제는 영화의 시나리오에서 만날 수 있는 시제와 유사하며, **무대적** 특성이라 할 수 있는 현재 시제의 가치를 지닌다.

인물들

인물 묘사의 연구는 그 자체 묘사의 연구와 다르지 않다. 인물들의 외적인 표현에 관한 한 기호학적 특성이 없다는 것을 알게 될 것이다. 예를 들어 쥘 베른은 자신의 주인공들의 인물 묘사를 대략적으로 설명하면서 사물들도 똑같이 대범하게 묘사한다:

앵페 바르비칸은 마흔 살의 남자이며, 조용하고, 냉정하며, 근엄하고, 특히 진지한 성격으로 과묵하다; 정밀시계만큼 정확하며, 불굴의 기질, 확고부동한 성격; 기사도적인 면은 거의 없으나 모험을 좋아한다. 그러나 자신의 가장 무모한 기획에도 실용적인 생각을 적용한다; 뉴-잉글랜드의 탁월한 남자, 북부 식민주의파이다.

쥘 베른, 《지구에서 달까지》.

클레브 공작 부인의 묘사는 완전히 자신의 마음과 일치되고 있다: "그때 안뜰에 모든 이들의 눈을 끄는 한 미인이 나타났다." 시점들의 복수성은 그런 주장의 객관성을 보증해 준다. 프루스트의 이야기는 라 파예트 부인과 같은 확신을 과시하지 않는다. 《스완의 사랑》에서 오데트는 자신만의 독특한 성격이라곤 없어 보인다. 그녀는 스완이 그녀를 원하든가, 이상화하든가, 혹은 멀어져 가든가에 따라 차례로 '착한 여자' 또는 '정부'이다. 시선의 이런 주관성은 사르트르에 의해 현상학이라는 이름으로 비난될 것이다. 그렇지만 인물에 특성을 부여하는 것이, 공간의 묘사와 마찬가지로 인지하는 의식과 무관하게, 그리고 자아와 세계와의 상호작용과 무관하게 이루어질 수 없다는 것을 밝혀 준 공로에 대해 프루스트에게 감사해야 할 것이다.

그러므로 인물 묘사가 묘사와 다르지 않다면, 인물은 이런 피상적인 관점으로 축소될 수 없을 것이다. 소설의 인물을 구성하는 특성들은 서술적 차원, 묘사적 차원, 또는 담화적인 여러 차원에 속하는 내재적이며 외재적인 특성들과 관련되며, 다음과 같이 요약할 수 있다:

인물 묘사	이야기	대 화	독 백
주관적 자서전적	인물이 행하는 것	인물이 말하는 것; 인물은 어떻게 그것을 말하는가 (대화의 도입자)	인물이 생각하는 것

외부적 묘사
시점의 영향:
서술자 인물-증인

인물의 육체적이고 심리학적 특징들을 이해한 이 도표는, 이야기의 체계 안에서 이루어지는 역할들의 연구에 의해 완성되어야 한다: 행위자이거나 고유의 개성을 가진 인간인 인물은 하나의 체계 안에서 정의되어지며, 그의 독창성의 일부는 대비적인 특징들에서 나온다.

담 화

담화는 소설에서 다양한 형태로 나타나며, 소설의 연구를 섬세하게 만드는 이질적인 차원에서 나타난다. 형태 차원에서 담화는 개인적 발화 행위의 어법적 특징들을 통해 드러난다. 뒤에서 연구될 대화와는 별개로 발화행위자는 다음과 같이 나타날 수 있다:

— 인물 자신(자서전),

— 서술자('작가'의 개입이 있는 3인칭 소설),

— 제2의 서술자(삽입된 이야기),

— 텍스트의 추상적 생산자: 이야기 같은 텍스트(《쟁탈전》《검은색의 작품》), 또는 '직접 담화' 같은 텍스트(발레리 라르보의 《연인들, 행복한 연인들》, 나탈리 사로트의 《플라네타륨》)의 추상적 생산자.

이데올로기적 담화는 특히 발자크에서, 그가 사회의 기능을 묘사할 때 또는 자신의 정치 이론을 드러낼 때 넘쳐난다: "프랑스 생-제르맹이라는 동네를 칭할 때는 동네도, 분파도, 제도도 아니다……."(《랑제 공작 부인》) 스탕달도 여전히 소설적인 서술 속에 강하게 남아 있다. 그는 인물들에 대한 판단을 멈추지 않는다: "우리들의 의도가 누구의 환심을 사려는 것이 아닌 이상, 우리는 훌륭한 피부를 가지고 있었던 레날 부인이 팔과 가슴이 훤히 드러나 보이는 옷의 매무새를 고치지 않았다는 것을 부정하지는 않을 것이다. 그녀의 몸매는 아주 훌륭했다, 그리고 이런 식으로 입는다는 것이 그녀에게는 큰 기쁨을 주었을 것이었다."(《적과 흑》, 8장: 〈작은 사건들〉)

플로베르부터 작가는 발화행위자로서의 모든 개입을 억제하는 것 같다: 플로베르는 이야기에 자리를 내주며 인물들이나 사실들이 말하도록 한다(〈이야기/담화의 대립, 사실주의적 전제들〉 참조). 회고록 작가에게는 행동의 진실함을 보장해 주는 것은 바로 행동에 참여하는 주체로서의 그의 존재이다. 사실주의 소설가의 행보는 그 반대이다; 그에게는 대상, 관찰된 경험만이 오로지 중요하다. 하나의 가치 체계에서 어떤 위치를 취하기를 거부하는 사실주의 작가는 사실들을 공정하게 불러오는 것으로 그친다: 담화의 중요성은 이야기의 중요성과 반비례한다. 이것은 작가의 실질적인 현존이 감소하는 동시에 작가의 생각이 사라진다는 것을 의미하는가? 사실주의적 언표는, 그 안에서 작가는 전적으로 보이지 않는다고 할지라도 결코 부재하는 것이 아닌 어떤 서술 코드의 규약들과 객관성을 일치시키는 역설을 보여 준다. 작가는 인물 뒤로 숨는 것이며, 이야기의 끈들을 잡아당기며 모순적 거리두기, 경시 혹은 반대로 고양시키는 담화적 표시들을 통해 드러난다. 모든 문체적 '거리두기'는 특별한 목소리의 현존을 암시하며, 대변인 인물들을 알아보게 만드는 지표들을 분배하고, 마침내는 소설적 언표를 통해 암묵적으로 순환되는 주제들을 인식하게 만든다.

파타고니아의 우편물을 실은 파비앵의 비행기는 칠레의 항로에서 폭풍을 만나 추락했다. 지상의 다른 비행사들, 그의 동료들은 임무를 완수하러 간다:

— 파비앵이 사라졌다고?

그들은 그것에 대해 거의 말하지 않았다. 마음속 깊은 동료애가 그들의 말을 대신했다.

앙투안 드 생텍쥐페리, 《야간 비행》, 22장, Gallimard.

이 짧은 발췌문은 끊어진 대화(죽음을 상기시키는 것은 피하려는 터부에서 분명한 답변을 피한다), 단순 과거의 서술문("그들은 그것에 대해 거의 말하지 않았다"), 당연히 작가의 담화와 일치하는 반과거의 한 시퀀스("마음속 깊은 동료애가 그들의 말을 대신했다")로 구성되어 있다. 이야기의 짧음, 생략된 답변, 도덕적 문장의 간결함은 절제된 감정을 위해 사용되며 소박한 그러나 '남자다운' 우정을 표출한다. 담화의 어조와 구조는 상황에 대한 자연스러운 결과로서 나타나며, 동시에 담화를 윤리적으로 정당화시키고 있다. 생텍쥐페리의 휴머니즘에 동조하든 아니든 간에, 여기서 객관적으로 보이는 (실상은 그렇지 못한) 동기나 행동에 대한 용감한 예찬을 볼 수 있다.

말(parole)

목소리의 복합성

《위험한 관계》에서 발몽 자작, 메르퇴이유 후작 부인, 투르벨 재판장 부인, 세실 볼랑주는, 각자 자신 고유의 특징들 속에서 차례로 표현된다. 라클로는 악과 덕, 젊은이들과 퇴락한 노인들, 부인들과 남자들로 하여금 말할 기회를 준다: 여기서 서한문 형식의 소설은 자신들이 공통된 하나의 욕망, 즉 방탕에 저항하거나 또는 통제한다고 생각하면서 이 욕망에 연결되어 있는 인간들을 집결시키는 장소로서 나타난다.

발자크에서 문체는 당연히 작가의 문체보다 《인간 희극》의 각각의 인물의 문체이다. 사회적 소속, 뿐만 아니라 개개인의 특성은 언어 차원에서 이들 각각의 버릇, 개인어, 리듬, 발음을 통해 드러난다.

플로베르의 소설들은 상투어들의 맞물림으로서 나타날 수 있었다. 상투어는 《부바르와 페퀴셰》라는 훌륭한 오케스트라에서 절정을 보여 준다: 주동 인물(protagoniste)들에 의해 표출된 사상들은 상황에 의해 왜곡된, 개인 또는 집단의 진부한 언어 표현들, 말의 모음집일 뿐이다. 농업 공진회의 장면(《보바리 부인》)에서 소들을 경매하는 장면은 엠마와 로돌프와의 달콤한 속삭임과 맞물려 나타난다. 사랑의 듀엣과 고기의 거래는 서로의 존재를 밝혀 준다(혹은 서로를 모호하게 만든다)…….

동시화법적인 기법들은 분명히 20세기 소설에 새로운 차원을 제시하게 될 것이다. 이 새로운 차원은 세계적 관점의 열정적 비약(일체주의)과, 또는 의사소통 불능성에 대한 비관적인 묘사로 나타나게 된다: 개인이 점차 고립되는 현상은 과도한 동사 사용과 부합되는 것 같다. 쥘 로맹, 생텍쥐페리, 셀린, 말로(이들뿐만 아니라 더스 패서스나 되블린도), 이들 모두는 자신들의 방식대로 정보들의 무절제한 확산으로 인한 현대인의 불안을 반영한다. 하늘에서 떨어진, 익명의 송신자들에서 나온 수많은 목소리들은 현대인을 침몰시키는 것 같다.

다언어 구사(plurilinguisme)[19]의 개념은 바로 '여론'의 표현을 세밀하게 분석했던 미하일 바흐친의 공로이기도 하다. 이질 문화 수용의 역사적-문학적 선언인 소설은, 그 기원에서부터 라블레의 소극이나 영국의 해학적인 소설에서 여전히 인지될 수 있는 다양한 방언들, 다양한 담론들이 만나는 접점이었을 것이다. 《페스트》와 같이 기법이 뛰어난 아주 고전적인 소설에서조차 언어는 오로지 문학적이지만은 않다는 것을 알 수 있을 것이다: 카뮈는 의학계의 전문 용어, 애매하여 뜻을 알 수 없는 도청의 문장들, 선정적인 언론, 지방 행정부의 글, 법조계나 종교계의 수사학을 차례로 모사한다. 오직 베르나르 리외(**임종시**에 자신이 이런 연대기의 작가임을 드러냄)만이 상투적인 언어에서 벗어난다.

대 화

대화는 말의 직접적인 재현에 사용된다. 대화는 로제 마르탱 뒤 가르의 《장 바루아》에서처럼 연극적일 수 있으며, 서술적 형태들의 연구보다도 차라리 극작법의 연구 영역에 속할 수 있다. 소설에서 대화는 대체로 '삽입 장르'로 나타난다. 대화임을 표시하는 조판상의 표시들로 격리된 대화는 이야기에 포함되어지거나, 공쿠르 형제들처럼 이야기를 시작하는 데 사용될 수 있다.

일반적으로 인물들의 말을 이야기하는 방식은 세 가지로 구분된다.

— 직접 화법:

— 이봐, 이리 와. 몰라서 오쟁이 지는 것보다 이유 없이 질투하는 것이 더 낫지 않겠어?

19) 미하일 바흐친, 《소설의 미학과 이론》, *op. cit.*

— 나는 어느쪽도 되고 싶지 않군요, 파뉘르주가 대답했다. 그러나 어느 날 내가 그렇다고 누군가가 알려 준다면 본때를 보여 줄 걸, 그렇지 않으면 세상에는 몽둥이가 사라질 테니까.

라블레, 《제3의 책》, 28장:
〈오쟁이 진 사실을 알았을 때를 대비해,
수사 장이 파뉘르주를 훈련시키는 법〉.

— 간접 화법:

그는 기세프라는 이를 찾고 있었다고 다시 말하기 시작했다.

장 지오노, 《지붕 위의 경기병》, IX, Gallimard.

— 자유 간접 화법:

곧 그녀는 나에게 그녀 부모의 처지, 능력, 성격, 그들이 주었던 마지막 새해 선물에 대해 이야기했다. 그후 그녀의 애인, 미끈하게 잘빠진 미남 청년이 왔다; 그 다음 우리는 함께 산책할 거라고 했다.

마리보, 《마리안의 인생》, 1부.

이런 구분들은 형태, 조판, 문법상에서 나타나는 표식들을 토대로 이루어진다. 직접 화법은 이야기의 시간 속에서 세워지는 도입 동사들('~라고 말했다(fit-il)' '~라고 설명했다(il expliqua)')과 묘사와 통합되는 도입 동사들('흐느끼며 ~라고 말한다(dit-il dans un sanglot)' '~라고 속삭였다(chuchota-t-elle)')을 필요로 한다. 문법적 논리를 존중하는 차원에서 간접 화법으로 바뀔 수 있게 하는 이런 동사들은 타동사(이론상 '그녀는 흐느꼈다(sanglota-t-elle)'는 배제된다)이어야 한다. 자유 간접 화법은 서술과 혼동된다. 이야기 같은 담화는 이 말의 의미처럼 완전히 이야기에 통합된다: 《보바리 부인》에서 "당신이 틀렸어요. 여주인이 말했다. 그는 훌륭한 사람이에요"는, "여주인은 신부를 옹호했다."[20]가 된다. 의미 차원의 내용만이 담화(discours)/서술(récit)의 진짜 위치를 측정할 수 있게 한다.

현대에 와서 서법(mode)[21]이, 다른 경계들 중에서 인물들의 허구적 말(그러나 사실로, 모방으로 간주된 말)과 잠재적 송신자(즉 작가 자신이거나 그를 대신한 서술자)의 상상(그러므로 허구적인)에서 나온 이야기를 구분짓는 경계를 없애는 경향을 보이고 있다. 괄호나 줄표를 없애는 것, 줄바꾸기를 하지 않는 것은 대화들이 고립되는 것을 없앤다. 일종의 혁신을 시도하는 의미에서, 다음에 인용된 뮈리엘 세르의 문장에서처럼 조판상의 구분을 포함해 다른 그래픽적 기호들이 종종 사용되고 있다:

> 플로는 마른 스폰지로 힘차게 칠판을 지웠고, 결국에는 끽 하는 소리가 crrr 났다, **플로 이 멍청한 놈 스폰지를 적실 수 없니** 베나줄리가 끔직한 공포로 온몸에 소름이 돋은 채 이를 악물고 부르짖었다.
>
> 뮈리엘 세르, 《왕들과 도둑들》, Mercure de France.

---

20) 제라르 주네트가 인용, in 《새로운 서술 담론 *Nouveau discours du récit*》, Le Seuil, 1983, p.40.

21) mode: 서술 전략에 대한 것으로, '누가 보는가'라는 인식 주체의 문제와 관련됨.〔역주〕

사 상

대화와 독백은 대체로 어휘 차원에서, 그리고 오직 도입 동사에 의해서 구분된다. 내적 독백은, 연극에서의 방백처럼 관례적으로 구두적 담화를 본뜬다:

> 에스텔 아줌마, 그녀는 나쁜 사람은 아니야, 그녀는 생각했다. 그렇지만 그녀는 나를 힘들게 했어. 이 옷은…… 어떻게 나한테 그렇게 말할 수 있었을까! …… 맙소사, 이걸 자연스럽다고 보다니…….
>
> 에밀 앙리오, 《아리시 브랭 또는 부르주아의 덕성들》.

이처럼 20년대 '의식의 흐름'이라고 불렀던 것, 그리고 그 다음 누보 로망, 나탈리 사로트, 또는 베케트와 같이 시작된 대화 아류, 미셸 뷔토르의 전의식적인 사상(《변모》에서 '언어 자체, 혹은 어떤 언어의 탄생'을 묘사하기 위해 2인칭 사용)은 소위 말해 독백보다 오히려 시점을 문제화하기(6장 참조), 그리고 특히 '무대에 적합한' 또는 동시적인 현재의 사용(앞 참조)과 관련된다. 제라르 주네트(《문채 III》 《새로운 서술 담론》)와 도리 콘의 아주 적절한 연구들은 이 주제에 필요한 빛을 가져오며, 즉 정당한 질문들을 많이 제시한다. 카뮈의 《전락》은 존재하지 않는 화자와 이야기하는 장 바티스트 클라망스라는 인격 분열자의 내적 독백인가(《루소가 장 자크를 판단한다》와 어느 면에서는 비슷한) 또는 말은 없지만 듣고 있는 이가 있는 진짜 대화인가? 간단히 말해 이 '이야기'는 (카뮈가 그런 식으로 제목을 붙인 이상) 서술태에 속하는가, 아니면 직접적인 담화에 속하는가?

다음 글에서 내적 독백은 그 자체 긴 독백일 수밖에 없는 1인칭

의 서술-틀(récit-cadre)에 삽입되어 있다:

그러니까 남아 있는 것은 우리뿐이었고 아무도 없다는 것이었나? 우리들끼리 말이지? 음악이 멈추었다. "요컨대 일이 어떻게 돌아가는지를 알았을 때 참 웃기는군 생각했었어! 정말 완전히 다시 시작해야 할 판이야!" 나는 돌아가려고 했다. 그러나 너무 늦어 버렸다! 그들은 우리네 민간인들 등뒤에서 조용히 문을 닫아 걸었다. 우리들은 들쥐처럼 당해 버렸다.

셀린, 《밤 끝으로의 여행》, Gallimard.

명사절, 원형 동사, 구조의 파괴, 끝나지 않는 문장들과 같은 다른 문체적 체제가 사용되었음을 알 수 있다. 이것은 에두아르 뒤자르댕(《월계수들이 잘려 나갔다》)이 처음 시도한 기법이며 《내적 독백》에서 아주 잘 분석되어 있다:

"한 인물이 자신의 가장 내면적인, 무의식에 가장 가까운 모든 논리적 구성 이전에 있는 생각을 표현한다; 다시 말해 **선별되지 않았다**는 인상을 주기 위해 태초의 상태에서 최소한의 문장으로 축소된 직접적인 문장을 사용한다."

É. 뒤자르댕, 《내적 독백》, Messein, 1931.

그렇다면 마르그리트 뒤라스의 서정적인 서창부와 《히로시마》에서 《연인》에 이르기까지, 사랑의 담론이라는 주제에 대한 다양한 변이형들, 이야기의 점진적인 묘사와 불가분한 화면에 나타나지 않는 목소리는 무엇을 의미하는가?

여기서 말하는 목소리는 책의, 씌어진, 목소리이다.
눈먼 목소리. 얼굴 없는.

마르그리트 뒤라스, 《중국 북부의 연인》, Gallimard.

현대 소설에 나타난 담화의 동질성, 추상적 목소리의 출현은 고대의 '풍자'에서 나오는 서술적 이질성을 대신하는 것 같다. 한쪽에 콜레트의 서술과 동시에 묘사인 짧은 글들(《포도밭의 덩굴들》), 미셸 투르니에의 《짧은 산문들》이 있다면; 다른 한쪽에는 중단 없는 직접적 담론의 흐름이 있다(기요타의 《에덴, 에덴, 에덴》, 필립 솔레르스의 《공원》): 소설은 점점 더 19세기에 절정을 이루었던 조형적인 소설에서 발전된 분할 방식을 따르지 않는 텍스트로서 나타난다.

3. 심리학적, 그리고 사회학적 읽기

소설 텍스트이든 아니든, 모든 텍스트에 미학적 · 인류학적 · 역사학적 · 화용론적 · 사회학적 · 심리학적 · 심리 분석적 망과 같은 독서망을 어디에나 적용시킬 수 있다고 생각하는 것은 착각일 것이다. **복합적인 읽기**라는 신화는 이런 것의 원칙들에 의문을 제기하거나, 그 결과들이 유효하다고 인정케 하지는 않더라도 끝없이 다양한 해석들을 가능하게 해줄 수 있을 것이다. 하나의 가치론에 근거를 두고 정확한 과학적 영역에서 부자연스럽게 떨어져 나온 모든 비평 담론들은 한 작품이나 혹은 그 작가에 대해 자의적인 방식으로 밀어붙일 수밖에 없을 것이다. 그렇게 되면 모호한 인상적 설명들로 돌아갈 수밖에 없을 것이며, 마찬가지로 통속적인 중언부언이나 과학적 엄정함과는 반대로 오래전부터 사상의 빈약한 생존으로 규탄되어 온 문학의 실제 분석들인 해석학의 범주에 갇힐 수밖에 없을 것이다.

텍스트에 대한 현대적인 접근——벨맹 노엘의 용어에 따르자면 '텍스트 분석(textanalyse)'——은, 특히 문학 외적인 이론이나 실천에서 개념들을 빌려 온 심리학적·사회학적 영역에서 더욱 분명히 나타나는데, 이들의 야심을 이해하고 이들의 연구 대상과 긴밀히 결합된 방법들을 찾아내야 하는 문제들을 가지고 있다. 첫번째 질문: 소설은 명백하게 어떤 가치 집합, 어떤 준거 체계와 관계가 있는가?

소설과 과학적 모델들

19세기 소설가들의 선언문을 보면 발자크, 플로베르, 졸라가 그들 시대의 어떤 규범(예를 들어 역사, 자연과학, 의학 등)을 깃발로 삼았는지를 충분히 알 수 있다. **풍속 소설**은 그 자체 사회를 묘사하고자 하는 시도이다; **분석 소설**은 정상적 감정이나 기형적 감정의 총목록이다. 사실주의 소설들 대부분은 가장 일반적으로 받아들여진 심리학과 이들의 상투적 표현들, 사회적 역할과 행동들에 대한 전통적인 분류를 범주로 사용하며 이런 요소들간의 긴밀한 결합을 확신했다. 부르주아의 특권들, 성의 위계질서, 지배관계들은 플롯의 사실임직함을 보장해 주며, 욕망 논리, 투쟁 논리, 관련된 공동체 내의 아비투스의 논리와 같은 신조어를 제시할 수 있는 한에서 심리학을 대신한다.

이처럼 《보바리 부인》은 일단의 편견들——또는 집단적 신념들——로 쓰여진다. 예를 들어 젊은 여성은 독서의 유혹들에 저항할 수 있기에는 너무나 섬세한 정신을 가지며, 유한 부인의 상상물인 고독 속에서 쉽사리 고조되는 간통은 여성의 전형적인 타락의 징후가 된다……. 그런 의미에서 플로베르의 소설은 보바리즘이라는 임상적 경우를 (3면 기사에서 시작하여) 연출한 것이며, 소녀들의 교육, 배우자의 선택, 할 일 없는 지방과 같은 대부분 여론에 의해 논의된 질문들을 섞어 놓는다. 인간의 마음을 묘사한 그는 부도덕성으로 충격을 주며 소송을 야기하거나, 또는 무도덕성으로 아방가르드들을 유혹하고 매혹시킨다.[22] 그렇다고 하더라도 소설이 19세기 여성의 도덕적 위상에 대해 기법적으로만 성찰한 것은 아니며, 윤리적 문제의 표현으로서 또는 하나의 병리학적 경우에 대한 우화로서 읽힐 수 있다.

더 많은 예들을 보여 주는 것은 불필요할 것이다. 중세 소설의 유행이 건축에까지 일어난 역사적 재구성의 취향과 일치한다는 것은 알려져 있는 사실이다. 테오필 고티에는 이집트에 대한 과도한 애호와 부인할 수 없는 과학적 관심으로 인한 고고학적 발견을 동시에 접하면서 《미라의 소설》을 쓰게 된다. 발자크, 그는 신비적 계시론의 이론들, 생물변이론(생 마르탱, 스베덴보리), 라바터의 '관상학'에 차례로 영감을 받으며, 지리학적·경제적·정치적[23] 관심들로 가장 면밀한 민족학자의 조사를 가능케 하는 작

---

22) 특히 보들레르와 그의 《보바리 부인》 비평 in 《총서 *Œuvres complètes*》, La Pléiade, Gallimard, pp.647부터.

23) 《잃어버린 환상》의 시작 부분에 앙굴렘에 대한 지정학적 분석을 볼 것.

품을 만들어 낸다.

현대에 와서 정밀과학뿐만 아니라 의학 개념이었다가 문학적 실천이 되었던 행동주의, 자동 기술적인 글쓰기와 같은 인문과학에 영향받았음을 인정하는 소설가들이 많다. 피에르 기요타도 자신을 비난하는 이들의 눈에는 참을 수 없을 정도로 포르노 같은 장면들이 많은 것으로 비쳐질 수 있는, 자신의 책 《에덴, 에덴, 에덴》을 개인적 체계(성적 퇴행)와 집단적 체계(계급 투쟁)가 이중으로 투입되어 있는 철학적 효과를 위해서라고 주장한다. "말하고 있는 것은 무의식이다; 이 책의 **구성**에서 내가 마르크스주의자라는 사실을 보아야 한다. 에덴은, 내가 생각하기에는 이 텍스트가 너무나 수미일관하고 너무나 엄정하기 때문에 반동적이거나 무정부적인 해석을 허용하지 않는다. 그리고 성 · 서체 · 정치를 동시에 통합하는 텍스트는, 이들 중의 어느 한 가지만을 위해, 즉 가차없이 절단된 용어 하나만 가지고는 '되찾을 수' 없다."[24] 분명히 소설은 과학의 도움들을 받고, 특히 지식의 도움들을 받고 자란다. 이번에는 과학이 어떻게 소설에 대한 비평 담론에 자양분을 제공하게 될까?

인문과학과 소설

문학적 행위뿐만 아니라, 일반적으로 예술은 인간의 다른 문화적 생산물들과 같이 심리학적 체계(예를 들어 르네 위그의 《예술과

---

24) 피에르 기요타, 《금지된 문학 *Littérature interdite*》, Gallimard, 1972, p.58.

영혼》), 사회학적 체계(피에르 프랑카스텔의 《회화와 사회》) 또는 심리 분석적 체계(프로이트의 《적용 심리 분석》)의 흥미로운 연구들을 낳을 수 있었으며, 융(《인간과 상징들》)이나 베틀하임(《요정 이야기의 심리 분석》)의 연구들처럼 활력적인 연구에 길을 열어 주었다. 풍부할 뿐만 아니라 다양한 수많은 전공 논문들은, 수신자(예를 들어 가톨릭이나 프로테스탄트)의 교육을 위한 이야기의 인식이나, 혹은 이와 정반대 쪽에 있는 '정신을 다룬 작품들(œuvre de l'esprit)' 의 실제적인 보급과 같은 아주 확실한 영역을 탐구한다. 바로 이런 것이 그 자체 아주 다양한 지표들(합법적 세금, 출판 노조의 여건들이나 서점에서 유통된 판매 수치들)에서 시작하여 **서지정보학**(bibliométrie)이 연구하는 것이다.[25] 연구의 범위가 넓어지고 통계학이 지속적으로 발전되면서 이런 과정들이 성숙해지는 데 도움이 된다. 물론 그 중 어떤 과정들은 직관적 · 경험적, 또는 순전히 이론적인 상태에 머물러 있기도 한다.

이들의 차이점이 무엇이든간에 문학적 현상에 대한 접근들은 모두 공통점을 갖고 있다. 즉 이들은 **문학성의 주변부**에 위치하며, 송신자(개인 혹은 집단) 혹은 수신자(개인이나 제도로서)에 관심을 가지거나, 연극(오이디푸스) · 구술문학(민담) 또는 도상적인 코드로 전환된 것(예를 들어 만화로 된 율리시스의 모험), 어느것 구별할 것 없이 이들에게 속해 있는 신화적 언표를 사용한 메시지에 관심을 가진다. 언표로 미루어 본 장르(환상 소설에 속하는

25) 특히 로베트 에스카르피의 작업들을 들 수 있을 것이다(《문학과 사회 *Le Littéraire et le social*》, Flammarion, 1976) · 또는 광범위한 역사적-철학적 통합을 선호한다면 레지스 드브레의 《일반매체학에 대하여 *Cours de médiologie générale*》(Gallimard, 1991)를 언급할 수 있을 것이다.

가, 자서전에 속하는가……), 고유의 특성들(문체), 끝으로 언술 행위라는 행동(선택된 서술 방식)들은 부연 설명, 요약이나 시퀀스로의 분할을 위해 사라진다. 이런 것의 목적은 순환적인 기능들의 총체를 드러내는 것이며, 분석가들은 자신이 원하던 바대로 관찰된다고 추정되는 이야기의 심층 구조나 원형적인 모태로서 이 총체를 설명할 것이다.

이런 관점 위에서 사회학자와 심리학자들은 서로 합류하며, 롤랑 바르트의 기호학적 시도, 레비 스트로스의 구조주의적 분석들이나 뤼시앵 골드만이 행한 이념적 해석이 심리 분석적 야심에 속하는지, 마르크스적 해석이나 단순히 교훈적 관심에 속하는지를 말하는 것은 아주 어려운 일이 될 것이다. 모든 경우 소설적 짜임은 하나의 '의미 있는' 구조나 의미의 체계로 축약되며, 해설자가 은연중에 참조하는 독서의 망에 의해 방향지어진 연구의 구실이 된다. 실상 소설적 이야기에서 분석가의 관심을 끄는 것은 무엇인가? 그것은 이야기의 사실적 면——사회, 의식 구조, 관련된 경제적 하부 구조——; 숨겨진 환상들, 개인이나 집단의 무의식적 발현을 드러내 줄 상상적 연출일 수 있다. 왜냐하면 서술은 어떤 사실을 무의식적이고 간접적이지만 성실하게 재현하며, 재현이 허구라는 가면 아래 숨기려고 애쓰더라도 사실을 드러내기 때문이다.

말해진 것, 말해지지 않은 것, 행간에 말해진 것(inter/dit)[26]

명백한 내용과 잠재적 내용

소설적 언표(소설이 말하는 것)는 두 가지 담화가 마주치는 곳으로 간주될 수 있다: 하나는 순전히 정보적·관념적 차원의 담화이며, 다른 하나는 꾸며낸 이야기에게서 상상계의 매혹들을 빌려오는 것으로, 극도로 서술적 차원의 담화일 수 있다. 이 영역들의 각 연구는 특수한 방향과 관련된다. **내용 분석**이 관념의 차원에서 관여적인 요소들만들을 파악하고 심층적 의미를 발견하기 위해 행간 읽기를 거부하지 않는 반면(텍스트는 무엇을 말하기를 **원하는가?**), **구조주의적 분석**이 중요하다고 간주하는 것은 오히려 이야기의 논리학이다. 기계화되거나 정보화된 문헌 정보 차원 자료들의 분석을 시도하는 것과 마찬가지로 러시아 형식주의자들로 불렸던 이들처럼 민속학자에게는 오직 행동만이, 혹은 프로프(p.111 참조)의 용어에 의하면 기능들만이 중요하다. 민속학자 가운데 레비 스트로스는 다음과 같은 것을 관찰할 수 있다고 믿었다:

"신화의 실체는 문체에서도, 서술 방식에서도, 구문 구성에서도 찾을 수 없으나 거기에 이야기된 스토리 속에서 찾을 수 있다."[27]

소설도 이와 마찬가지로 표면의 담화(또는 명백한 의미)와 잠재적 내용(또는 심층적 의미)을 동시에 제공하는 것으로 보인다. 이

---

26) interdit는 '금지된'의 의미가 있음.〔역주〕
27) 클로드 레비 스트로스, 《구조주의적 인류학》, Plon, 1958, p.232.

것은 어떤 이들에게는 의미의 핵과 일치하며(라 퐁텐은 "아무 장식도 없는 교훈이란 지겨운 법이다; 이야기가 있어야 교훈은 자연스레 통과된다"라고 말했다), 다른 이들에게는 서사 구조, 디제시스 구조, 기능 체계 구조와 일치한다는 점을 지금부터 주목할 수 있으리라.

함 의

언어에서처럼 소설에서 가장 중요한 것은 텍스트의 빈 곳, 말해지지 않은 것, 암묵적인 것, 전제된 것, 또는 훨씬 더 확장시킨다면 공시의 차원에서 나온다고 해야 할까? 덴마크 언어학자 옐름슬레우에게서 영향받은 바르트는 언어적이거나 도상적인 모든 기호 체계를 위해 엄격하면서도 동시에 다양한 방식으로 이 개념[28]을 정의하고자 했다. 공시적 과정이 표현하게 될 것은 **은유적 기의**로 두번째 기의가 될 것이며, 이것의 기표(시니피앙)는 **단어의 외시적 의미**의 첫번째, 일상적 기의이다.

외 시:	기 표	기 의1	
함 의:		기 표	기 의2

이런 명목은 완전한 만족을 줄 수 없다. 왜냐하면 이것은 한편

28) 롤랑 바르트, 《기호학의 제 요소들 *Éléments de sémiologie*》, *Commini-cations* n.4, 1964; 《신화학 *Mythologies*》, Le Seuil, 1970.

으로는 외시들의 목록(어휘)이 존재하는 것처럼 공시적 의미의 목록이 존재할 수 있다고, 다른 한편으로는 공시들이 수용자와 송신자에게 동일하다고 전제할 수 있는 일종의 상징적 역량에 호소하기 때문이다. 그런데 예술이란 본질상 다의미적이다.

공시들이 일의적이라면, 언어 속으로 통과된 비유적 의미들과 혼동된다; 공시들이 애매하게, 의미 불명으로, 다의적으로 남는다면, 공시들은 주관성에 속하며, 코드가 없는 해석 체계에 속한다. 즉 공시들은 제대로 정의되지 않을 것이며, 결정 불능, '불안정' 할 것이다.

개인적 신화들과 이데올로기적 도구들

다른 분석 방법들이라면 문학 행위와 상징적 행위를 분리하는 공간을 뛰어넘어서, 자발적이든 아니든 텍스트의 '행간 사이' 를 노출시키면서, 텍스트가 직접 말하려 하지 않는 것을 해독해 낼 수 있을까?

샤를 모롱의 **심리 비평**(psychocritique)[29]은 섬세한 분석과 상당히 철저한 방법론적 관심사를 접합시킨다. 그의 기법은 관련된 작가의 전체 작품에서 '지속적인 이미지들의 망' 을 끌어내는 것이다. 이 이미지들은 물론 의식적이지만, 이런 은유들을 연결시키는 생각은 의미심장하다. 그리고 이런 무의식적인 구성은 극적 상황들의 중첩, 어휘장들의 반복이나 문체적 현상들의 반복을 통해서만 나타날 수 있다. 텍스트상의 배열은 이처럼 의미를 만들어 내는

29) 샤를 모롱, 《집요한 은유에서 개인적 신화로 *Des métaphores obsédantes au mythe personnel*》, Corti, 1963.

신경증의 핵을 밝힌다: 금지된 것은 상호텍스트성을 통해 드러난다.

사회 비평(sociocritique)은 인식론적 관심들에 덜 제약받는 것으로 보인다. 사회 비평은, 예를 들어 뤼시앵 골드만처럼 '발생론적 구조주의'가 다음과 같은 이론적 방향에서 실례를 찾아낸다면 인정될 것이라는 가정에 기초하고 있다:

"문학 창작의 집단적 특징은 작품 세계의 구조들이 어떤 사회 집단의 심적 구조들과 동일하거나, 또는 이들과 이해될 수 있는 관계 속에 있다는 사실에서 나온다. 반면 내용의 차원에서, 즉 이 구조들에 의해 지배되는 상상적 세계의 창조 차원에서 작가는 완전한 자유를 가진다."[30]

분명하게 밝혀진 원칙은 문화적 상부 구조들과 사회-경제적 하부 구조들과의 **상응**(homologie)의 원칙이다: 소설은 이처럼 사회적이거나 제도적인 현실의 상상적 기재의 형태 중 하나로, 게다가 국가의 이데올로기적 도구들 중의 하나가 될 것이다:

"그러나 이런 재현들은 대부분 '의식'과 전혀 관계가 없을 것이다: 이 재현들은 대부분 이미지들이며, 때로는 개념들이다; 그러나 이 재현들은 인간들의 '의식'을 통과하지 않고, 이들 거대한 다수에게 무엇보다도 바로 구조로서 부여된다."[31]

상응의 개념이, 소설-사회의 관계에 대해 활력을 되찾아 주고 풍부한 질문을 불러일으킨다 할지라도 상당히 애매하게 남을 위

---

30) 뤼시앵 골드만, 《소설의 사회학에 대해 *Pour une sociologie du roman*》, Idées, Gallimard, 1964, p.345.

31) 루이 알튀세, 《마르크스를 위하여 *Pour Marx*》, Maspéro, 1965, p.239.

험이 있다. 이들의 관계는 유사, 인과성, 혹은 단순한 일치의 관계인가? 이야기 속에서 관찰된 논리-의미론적 구조들이 이 이야기들이 일어난 민속-문화적 집단의 구조들과 완전히 일치한다고 확신할 수도 있고, 이데올로기적 체계의 문제점들과 다른 문제점들 간에(소위 서술텍스트의 특수한 읽기에 도움을 청하게 될) 어떤 관계를 세울 수도 있다.

무수히 나누어진 텍스트(texte étoilé)

언어학자들은 낱말을 의미의 최소 단위로 보는 데에 만족하는 편이다. 언어적 기호로서 낱말은 기의와 기표를 가지고 있다. 이 개념은 문장뿐만 아니라 더 광범위한 단위들로 확장될 수 있는가? 발자크의 단편 《사라진》을 연구하기 위해 롤랑 바르트는 이야기의 단선적인 읽기에 몰두한다:

"텍스트는 작은 분열을 야기하는 지진처럼 의미의 블록들을 떼어 놓으면서 무수하게 나누어질 것이다. 이런 것들을 읽는다는 것은 잘게 잘라진 문장들이 알아볼 수 없을 정도로 접합된 매끄러운 표면만을, 서술에서 주조된 담화, 일상어의 아주 자연스러운 모습만을 붙잡는 것이다. 보호자인 기표는 인접된 일련의 짧은 조각들로 잘려질 것이다. 이 조각들은 독서의 단위들인 이상 여기서는 **렉시**(lexies)[32]라고 하자. 이런 절단은 정말이지 너무나 자의적일 것이다; 이런 절단은 기표를 목표로 하는 이상 어떤 방법론적 책임도 끌어들이지 않는다. 반면 제시된 분석은 단지 기의만을 목표로 한다."[33]

---

32) 담화 내에서 의미 작용의 기능을 하는 단위. 〔역주〕

심층 구조를 찾아내거나 어떤 신비한 배치를 파악하려는 시도와는 다르게, 절단은 이야기를 시퀀스로 나누는 것으로 그친다. 이들 각 시퀀스는 모든 '음성,' 즉 모든 잠재된 기의들(수사학적 관례들, 민속심리학, 해석학적 코드 사이에 또는 어휘 아니면 라캉적인 모델에서 주로 빌려 온 '상징적 코드들' 사이에 분배되어 있는)과 이상적으로 일치하고 있다.

이야기의 조각들, 텍스트의 무수한 나뉨, 관여적 단위들을 이끌어 내야 하는 어려움이 뒤따르는 수많은 은유들, 서술적 핵 또는 과학적 해석이 근거로 삼을 수 있는 의소들이 있다.

인간인가, 작품인가

롤랑 바르트에 의해 계속 개발된 일련의 과정들은 기호학적 체계를 세우려는 관심에서 당연히 나온 것이다. 그렇지만 이 과정들은 여러 문제들을 불러온다.

특히 세르주 비데르만이 '텍스트의 광채(Éclats de texte)'[34]에서 상기시키는 첫번째 문제는 문학적 기의들(또는 상징적, 혹은 미학적)이 실제로 텍스트(말(cheval)이라는 프랑스어의 기의가 '유제 단제 포유동물'인 것처럼) 속에 존재하는지를, 혹은 단지 그것의 해석을 제시하는 독자의 정신적 세계——주관적인 정의에 의해——에서만 존재하는지를 알아내는 것이다. 그 대답은 불행히도

---

33) 롤랑 바르트, 《*S/Z*》, 'Points,' Le Seuil, 1970, p.20.

34) 세르주 비데르만, 《천상과 현세 *Le Céleste et le sublunaire*》, PUF, 1972.

상당히 명백하다. 그리고 그 대답이 쾌활하고 활기에 찬 바르트적 해석들에 전혀 영향받지 않았더라도 너무나 혁신적인 바르트의 주장을 상대화한다:

"Z라는 글자는 절단의 글자이다"[35]라고, 바르트는 다른 근거가 필요없는 명백한 증거처럼 말하고 있다.

비데르만은 다음과 같이 말한다:

"이미 선택된 의미에 텍스트를 순응시키는 그건 설명 체계에 우리가 놓여졌다고 말하는 것 외에는 달리 말할 것이 없다. Z는 상당히 순수한 글자이다; 랭보가 색채의 가치들을 부여했지만 그런 가치를 가지지 않았던 모음과 마찬가지로 이 글자는 물론 절단의 글자가 아니다. S를 Z에서 분리하는 막대기(그러나 이미 체계에 통합된 어떤 설명이 되어 버린 작품의 제목을 제외하고는 어떤 막대기로도 이들을 분리하지 못한다)는 절단과 죽음이 이야기의 중심에 놓여진 **이후에나** 강한 불안의 기능을 한다."[36]

바르트가 텍스트에 대해서만 질문을 한다는 점이 여전히 더욱 혼란스러운 점으로 남아 있다. 그렇지만 그는 다음과 같이 단언한다:

"음성학적으로 Z는 징벌하는 채찍처럼, 갈고랑이 벌레처럼 후려치고 있다. 문자의 모양으로 보아서는 손으로 던져진 스카프 모양, 종이의 온통 하얀색을 가로질러 둥근 알파벳 속에서 비스듬하고 불법적인 칼날처럼 Z는 자르고, 분리하고, 얼룩말 줄무늬를 넣는다; 발자크적 관점에서 이 Z(발자크(Balzac)의 이름 속에 들어

---

35) 롤랑 바르트, 《*S/Z*》, *op. cit.*, p.113.
36) 세르주 비데르만, *op. cit.*, p.46.

있는)는 일탈의 글자이다."[37]

자신도 모르는 사이 단편의 인물과 작가를 혼동하는 **전기적 심리 분석**(psychobiographie)에 그가 빠진 것은 아닌가? "고전적 비평을 비난했던 그 자신이 그 결함에 빠질 염려는 없는가? 그리고 사라진에게서 지나치게 발자크를 찾아내려고 한 것은 아닌가?"[38]라고 비데르만은 의아하게 생각한다.

그러므로 전이의 현상들(독자가 텍스트에서 빌려 오는 이미지), 동일시 현상들(작가와 작품, 작품과 작품을 탄생시킨 사회문화적 환경), 투사 현상들(텍스트에 부여된 의미 체계)은 사회 비평 혹은 심리 비평 방법들에 의해 획득된 결과들을 무력화할 위험이 있다. 정신적인 창작은 인간의 생산과 경합할 수 있었던 결정론에 비해 비교적 자율적이다. 따라서 분명하게 작품과 작가를, 텍스트와 현실을, 그리고 마지막으로 글쓰기와 읽기를 구분짓는 것이 필요하다.

예: 《감정 교육》의 역사적 읽기

한 젊은이의 이야기인 《감정 교육》은 입문 소설인 동시에 제2 제정 이전의 사회에 대한 폭넓은 프레스코로, 비평가들이 19세기 프랑스 중산층을 동요시켰던 정치적 도약의 연대기를 기대했거나, 소설적 짜임이 프레데릭 모로라는 인물의 개인적 역사(허구적)와 서민들의 역사(실제)를 비교하는 방식을 분석하려는 것이든

37) 롤랑 바르트, *op. cit.*, p.113.
38) 세르주 비데르만, *op. cit.*, p.45.

간에 이들의 관심을 끌지 않을 수 없었다. 장 비달랑스 같은 이들은, 《감정 교육》이 혁명의 시절에 대한 고문서라고 주저없이 말한다. 그에 의하면 작가의 부재는 말할 것도 없이 서술자의 명백한 부재, 중요 인물의 소극적인 역할, 더구나 사건의 흐름보다 자신의 감정적 상황에 더 충실한 설정, 이 모든 것은 유명한 플로베르의 이 소설을 진정한 증언으로 남게 한다. 주인공이 보여 주는 사실상의 중립성, 타고난 수동성은 부인할 수 없을 정도로 어디서나 나타나는 그의 존재와 더불어 그를 일종의 공정하고 객관적인 이상적인 기자로 변화시킨다:

"데모대들 혹은 폭동자들의 실제 인원에 대해 고려할 경우, 그리고 이런 소수의 행동이 1백만에 가까운 파리 주민 전체에 대한 비율을 고려할 경우, 소설 주인공을 사건들의 직접적인 실행자가 아니라 단순한 관객으로 만들려는 의도는 정확성을 고려한 것임을 보여 주는 것이다. '파리 중산층'이 행위자들에 비해, 권력을 다투는 대립된 소수들에 비해 부차적인 들러리 역할만을 했다는 것은 의심의 여지가 없다. 게다가 이런 선택은, 프레데릭을 개인의 우연적인 여정에 따라 한 진지에서 다른 한 진지로 이동시키면서, 플로베르로 하여금 파리의 상황에 대한 더욱 풍부한 시점을 전달하게 해준다."[39]

이러한 관점의 타당성은 완전히 입증되며, 수많은 예들이 장 비달랑스의 이론을 뒷받침해 준다: 《감정 교육》은 어떤 점에서는 인위적인 문학적 극화와 때로는 전문 역사학자들의 행보의 토대가

39) 장 비달랑스, 〈1848년 혁명의 역사가 귀스타브 플로베르 Gustave Flaubert historien de la Révolution de 1848〉, 《유럽 *Europe*》지, novembre 1969.

되는 이데올로기적 참여까지 완전히 없어진 이야기를 제공하였다.

피에르 캉피옹은 다른 길(이야기의 구성뿐만 아니라 초안들의 연구, 편지나 수첩에서 드러나는 작가의 의도들의 연구)을 통해 이에 필적할 만한 결론들에 도달한다. 1869년의 《감정 교육》의 시학은 우선 현대사에 기반을 둔다:

"이 소설에서는 허구와 역사 간의 유기적인 관계가 있다. 프레데릭은 혁명의 순간에 운명적인 위기를 겪는다. 아르누 부인을 향한 사랑이 실패하고 로자네트와 관계가 시작되는 것은 2월과 일치한다: "나는 풍조이다. 나는 나 자신을 개혁하고자 한다"라고 프레데릭은 말한다. 퐁텐블로에서의 연인들의 행복은 6월의 폭동들의 대응점이다. 그리고 12월 2일은 당브뢰즈 부인과의 절교와 세네칼에 의해 일어난 뒤사르디에의 살해를 통해 프레데릭의 몰락이 보인다."[40]

이 소설은 역사(그리고 이야기)의 파괴도 동반한다. 이 소설은 역사 소설의 패러디이다. 실상 위대한 사건들, 중요한 날짜들 중 어떤 것도 정치적 의미로 간주되지 않는다. 48년의 혁명은 89년 대혁명의 희미한 모방일 뿐이다. 의미가 배제된 이야기는 프레데릭의 불분명한 사랑처럼 반복되거나 헛된 가장 행렬로 용해된다.

"말과 상투어: 플로베르의 '사회주의자'"[41]라는 글에서 앙리 미트랑은 주로 문체적 형태라는 다른 방법을 사용하며 관여적 특징들, 《감정 교육》의 유명한 통과 장면(2장, 2)에서부터 추론할 수

40) 피에르 캉피옹, 〈감정 교육에 나타난 소설과 역사 Roman et histoire dans L'Éducation sentimentale〉, 《시학 *Poétique*》, n.85, février, 1991.

41) 앙리 미트랑, 《소설의 담론 *Le Discours du roman*》, PUF, 1980.

있는 그런 사회주의 개념의 '의미론적-이데올로기적 장'을 이끌어 내고자 한다:

"세네칼의 신념들은 더욱 사심이 없는 것이었다. 매일 저녁 일이 끝나면, 그는 자신의 다락방으로 올라갔다. 그는 자신의 꿈을 정당화해 줄 것을 책 속에서 찾고 있었다. 그는 《사회계약론》에 주석을 달았다. 그는 《독립지》에 심취해 있었다. 그는 마블리, 모렐리, 푸리에, 생 시몽, 콩트, 카베, 루이 블랑을 알게 되었고, 잔뜩 실은 수레 한 대 분만큼이나 많은 사회주의 작가들을, 사람들을 위해 병영의 수준을 높여 달라고 요구하는 이들을, 사창가에서 사람들을 즐겁게 해주거나 판매대로 몰려들도록 만들고자 하는 이들을 알게 되었다; 이 모든 것을 혼합함으로써 그는 소작지와 방직 공장의 양면을 가진 고결한 민주주의의 이상을 만들어 내었다. 달라이 라마와 느부갓네살보다 더 전능하고, 절대적이고, 무류의, 그리고 개인은 성스러운 사회에 봉사하기 위해서만 존재하는 일종의 미국식 스파르타를 만들어 내었다……."

소설적 언표가——적어도 장르의 전통적 코드에서——**이야기 서술, 묘사, 대화, 담화**(내적 독백/서술자나 작가의 생각)로 나누어질 수 있다고 본다면, 이런 네 가지 분류는 지시의 텍스트에서 관찰될 수 있다. 그러므로 소설적 특수어를 포기하고 문법학자들의 전문 용어를 택하면서 미트랑은 벤베니스트, 테니에르, 다무레트, 피숑의 전문 용어들을 수정해 작가가 슬그머니 개입되거나, 또는 덜 분명하게 **자신의 언표 속에 들어 있는 나-발화자**의 존재를 증명하는 간접적 기호들이 개입될 때, **변형 모방 서술**(récit allo-mimétique; 서술자가 분명하게 개입하지 않는)의 형태, **탈발화적**(délocutive) 형태("그는 《사회계약론》에 주석을 달았다")와 **발화적**

(locutive) 형태를 구분한다. 그리고 미트랑은 "그는 마블리 등을 알게 되었다"와 같은 문장에 대해 설명한다:

"여기서 담화가 취하는 직접적이고 분명한 성격으로 말미암아 전체와 어울리지 않는 놀라운 텍스트이다. 실제 여기에서는 벤베니스트에 의하면 '언술 행위가 존재의 위치로 오르게 되는' 모든 기호들을 볼 수 있다." 다시 말해:

— 인식론적 현재로 가는 시제 형태;

— 단순한 지칭 이상으로 미학적 가치의 판단을 내포하는 은유들;

— 미학과 정치에 대한 비하('잔뜩 실은 수레 한 대 분, 병영의 수준, 사창가');

— 지시사, 과시의 지표들('……하는 이들')

텍스트의 정확한 분석은 그러므로 여기서 인물들의 객관적인 초상 뒤로 자신을 감추는 무감동한 서술자라는 사실주의적 (혹은 고답파적인) 학설이 사실상 하나의 환상이라는 것을 보여 준다. 《감정 교육》은 현실에 엄격하게 충실한 묘사의 외양 뒤에서 가치의 판단들, 문화적 상투어, 게다가 19세기 '사회주의자'에 대해 일반적으로 전파된 선입견들을 감추고 있다. 그러나 《부바르와 페퀴셰》 아니면 《통념 사전》에 걸맞는 이런 믿음들, 신화들, 상투어들의 망이 《감정 교육》의 **언표**에서 독자적으로 다시 취해진 것인가, 아니면 **언술 행위**의 아이러니에 의해 정보적 기능에서 전향된 것인가?

이런 사회주의적 문화의 백과사전적 지식주의에 대한 찬미인가, 혹은 옹색한 학식에 대한 경멸인가라고 미트랑은 질문을 던지지만, 그 의미를 결정하기란 쉽지 않다. 사람들은 텍스트의 애매모호함, 다양한 반향들과 열린 작품의 기본적인 특징들을 텍스트에 남겨 놓는 그런 절제된 결론을 내리게 될 것이다.

4. 언어학의 공헌들

소설의 비평적 읽기에 대한 언어학의 역할은 아주 중요하다. 우선 텍스트의 조사 방법으로서 언어학의 정신, 진지함, 결과들은 학계의 연구에 언제나 모범으로 남게 될 고전적 문헌학이라는 검증된 전통 속에 포함된다. 그 다음 소쉬르의 혁신에 뒤이은 60년대의 구조주의와 함께, 마침내 기호학의 국제화에 이르게 된 언어학을 통해 문학 연구는 소위 정밀성을 신조로 하는 '이과계' 학문의 굳게 닫힌 원 안으로 들어가게 되었다.

현대 언어학은, 일반적으로 두 세대로 구분된다. 첫번째 세대는 특히 구두적 언어, 음성학적 구성 요소들에 관심을 가지며, 대체로 문장을 최대 경계로 정한다. 관찰, 실험적 분석과 형태적 단위들에 대한 이해 속에서 진전을 이루면서 더욱 야심만만한 순이론의 길로 들어서게 되었다. '제2세대' 의 언어학과 함께 초분절적 현상(음성학적 영역에서 억양; 의미론적 영역에서 주제적 연결), 말로 표현되지 않은 언어들(근접학 같은), 또는 문맥적 관계 속에서의 담화 행위들(화용론)이 차례차례로 탐구되어진다. 모두 그 장치들이 전통적인 접근에서 벗어나는 것처럼 보이는 복합적인 체계이다. 그 결과 다른 과정들이 고찰되어져야 할 것이다.

언어학과 초언어학

기표/기의

페르디낭 드 소쉬르와 그의 제자들에게, 기호는 모든 소통 체계의 가장 중요한 부분이다. 기호는 기표와 기의로 나누어진다. 기표는 지칭된 사물이나 개념을 표현하는 기의의 구체적 실현 매체이다. 구두적 기호와 관련될 때(사진이나 구상적 그림과 같은 도상적 기호는 해당되지 않을 것이다), 기표와 기의의 관계는 무동기적이거나 여전히 **자의적**이다(의성어들의 경우에서만 제외). 모든 말이 **동일한 가치**를 가지는 까닭에 어떤 것으로도 무차별적으로 표현될 수 있는 체스로 비유한 것은 긴밀한 결합 체계와 다른 졸들을 서로 통합시키거나 대립시키는 변별적 특질들만이 중요하다는 것을 의미한다.

언어로서의 소설

기호에 대한 이런 정의는 현대 언어학에 있어서 기본적이며, 소설 연구에도 중요하다. 문학 텍스트는 무엇보다 낱말들로 되어 있다. 분석자의 일은 그러므로 낱말들이 가리키는 경험적 현실에 대해 질문하는 것보다 먼저 낱말에 대해 질문하는 것이다. 그런 태도에 혁명적인 점은 전혀 없다고 하더라도(인문주의적 문헌학자들은 400년 이래, 마치 텍스트가 엄숙한 신조나 되는 것처럼 텍스트를, 텍스트 전체를, 오직 텍스트만을 질문하려고 애써 왔다) 설명적인 모든 성향, 인상주의적인 모든 담론을 완전히 배제하며, 철학적이거나 이념적인 어떤 여담도 용납하지 않는다. 소쉬르의 언어학은 언어의 기호를 연구 대상으로 한다; 소설의 형식 연구도 마찬가지로 문학적 자료의 철저한 분석 위에 기초를 둔다. 그것은 어떤 의미를 부여하는 것이 아니라 **기호들을 찾아내고 이들의 작용을 설명하는 것**과 관련된다. 이처럼 일종의 **해석학**에서 진정한 **기호학**으로, 설명적 태도에서 더욱 겸손할 뿐만 아니라 더욱 엄정하고, 분명히 더욱 객관적인 야심으로 나아간다.

다음과 같은 언표가 있다고 하자:

> 나는 안마당, 플라타너스 아래에서 기다렸다. 신선한 땅 냄새를 맡고 있으니 더 이상 졸립지 않았다.
>
> 알베르 카뮈, 《이방인》.

나무의 존재는 다양한 설명을 이끌어 낼 수 있다. 식민지 시대에 아프리카 식물군에 대한 식물학적 형태, 또는 플라타너스의 비의적인 의미들에 대한 은유적인 몽상들을 이끌어 낼 수 있다. 이런 설명들은――전적으로 합법적인――일반적으로 문화사나 인류학의 흥미를 끌지만, 특수 장르로서의 소설 연구와는 직접적으로 관련되지 않는다. 요컨대 인칭 대명사 '나'의 사용, 복합 과거('기다렸다')에서 반과거('맡고 있었고' '……않았다')로의 이행(1인칭의 이야기 속에 의외의 설명적인 휴지를 끌어들임), 자연과 구문 구성상의 일치에 의해 부여된 인물의 감성과의 관계는 모두 관여적 단위들이며, 이들의 관찰은 카뮈의 소설을 주의 깊게 읽을 때 더 풍부해질 수 있을 것이다.

낱말과 사물

어떤 식의 읽기가 **선험적인** 모든 것에서 벗어나 전적으로 중립적이며, '과학적' 일 수 있다고 생각하는 것은 환상일지도 모른다. 앞에서 강조되었던 인칭 대명사들의 형태론적 계열, 통사론적 대립(복합 과거/반과거), 감각의 어휘장('냄새' '신선함' '잠')은 기꺼이 '기호학-문체학적' 접근이라고도 할 수 있는 언어학적 접근의 당연한 결과이다. 이 두 문장에 의해 생산된 효과(작가에 의해 의도된, 혹은 독자에게서 야기된)는 의미론의 차원에 위치한다. 우리는 복합적인 언표들의 영역을 위해 일의적 기호들의 영역을 떠나 다양한 공시들로 간다. 그러므로 두 체계의 결과인 지시의 문제(여기서는 사실-안마당, 플라타너스)와 허구의 문제(뫼르소, 그의 잠)라는 이중의 문제가 제기된다. 결국 소설이 우리들에게 읽기로 제공하는 것은 사실인가, 아니면 그 자체 코드화된 기호들의 총체인가? 다른 말로 하자면 허구의 지시 대상은 상식적 경험 차원에서 통용어의 지시 대상으로서 파악되어야 하는가, 아니면 **텍스트적 환경, 나아가 상호텍스트적 환경**에서 파악되어야 하는가? 식물의 영역을 고집하더라도 《몽-토리올》의 여주인공이 순전히 형식적인 저항 이후 나무 아래——그리고 연인의 발 아래——로 주저앉는 장면에서, 향토색이나 아니면 소설적 극화에 관심을 가져야 하는지 생각해 볼 수 있을 것이다:

> 길가에 심어진 커다란 밤나무 한 그루가 풀밭 가장자리를 무성하게 가리고 있었다. 크리스티안은 달려온 것처럼 숨이 차서, 나무 아래로 주저앉았다. 그리고 이렇게 중얼거렸다:
> — 여기서 멈추자.

기 드 모파상, 《몽-토리올》.

같은 악보를 두 개의 보표로 읽을 수 있다. 하나는 진실주의적 해석의 범주에서 읽을 수 있다(음악적 의미에서): 밤나무는 사실 효과에 속한다(이야기는 오베르뉴에서 전개된다); 젊은 여인은 숨이 차다. 밤이기 때문에, 그리고 그녀가 한 남자와 함께 있기 때문이다……. 다른 읽기는 탈신성화된 원죄의 반복과 관련된다. 이런 관점에서 두 개의 **동위성**이 인지된다: 언어 단위의 반복에 의해 열려진 장(그레마스, 프랑수아 라스티에, 장 미셸 아당[42]의 동위성 개념에 대한 정의임)은 허구적일지라도 실제의 현실과 동시에 문화적 현실을 표현하고 있다. 부르주아의 간통이라는 동위성은 젊은 여인——새로운 이브——의 전락이 원죄의 상징인 '커다란 나무'를 보여 주는 전경에서, 고전적 도상학과 일치하는 신화적 읽기의 동위성을 배제하지 않는다.

언어의 기능들

1960년 나타난 로만 야콥슨의 영문 논문[43]은 그 풍부함으로, 순

---

42) A. -J. 그레마스, 《구조주의적 의미론 *Sémantique structurale*》, Larousse, 1966.

F. 라스티에, 《담화기호학에 대하여 *Essai de sémiologie discursive*》, Mame, 1973.

J. -M 아당, 《언어학과 문학 담론 *Linguistique et discours littéraire*》, Larousse, 1976.

43) 로만 야콥슨, 《일반언어학 개론 *Essai de linguistique générale*》, Minuit, 1963.

식간에 시학의 기본 텍스트들 중의 하나가 되었다. 이 책은 '러시아 형식주의자들' 로 불리어진 학파에 이어서 언어학적 방법들과의 협력을 모색하고자 했던 비평계에 최초로 번역된 라틴역 성서와 같은 역할을 이루게 되었다.

야콥슨은 언어적 소통의 모든 상황은 '분리될 수 없는 여섯 가지 요소들' 에 기초를 둔다고 생각한다:

맥 락

송신자 ………… 전 언 ………… 수신자

접 촉

코 드

이들 각 요소들은 '다른 언어학적 기능을 태어나게 한다.' 이 가정의 입증이나 야콥슨에 의해 채택된 각 범주들을 설명하는 예들은 재론하지 않으려고 한다: 넓게 확산된 그의 추론은 차후 잘 알려지게 되며, 앞의 도표와 관련된 언어의 여섯 가지 기능을 요약하는 다음의 도표를 바로 확인할 수 있게 된다.

지시적

정서적 시 적 능동적

친교적

메타 언어적

이 이론적 모델은 곧 소설 언어 연구에 대해 적용되고 영향을 미친다. 예를 들어 《페르시아인의 편지》의 발췌문을 보도록 하자.

루스탕이 우스벡에게, 에르주룸에서

이스파한 사람들은 늘 자네에 대해 이야기하고 있다네; 자네가 떠난 것에 대한 이야기뿐이라네. 그 출발이 경솔한 결정이라고 하는 이들도 있고, 어떤 슬픈 일 때문에 떠났을 거라고 하는 이들도 있다네: 자네 친구들만이 자네를 옹호하지만 이에 수긍하는 사람은 아무도 없다네. 자네가 자네 부인들, 부모님들, 친구들, 조국을 떠나 페르시아 사람들에게는 낯선 고장으로 간다는 것을 이해할 수 없어 한다네. 리카의 어머니도 무척 슬퍼한다네. 그녀는 자네가 데려갔다는 그녀의 아들을 돌려주기를 바란다네. 나로서는, 나의 벗 우스벡이여, 자네가 한 모든 일을 받아들일 수밖에 없다네. 그래도 자네가 없다는 것을 용서할 수는 없을 것 같으이. 그리고 자네가 무슨 이유를 대든간에 내 마음은 결코 받아들일 수 없을 것 같아. 잘 가게, 항상 나를 사랑해 주게.

이스파한에서 1711년, 레바압 I(5월) 28일

몽테스키외, 《페르시아인의 편지》, 편지 5.

정서적 기능은 편지 쓴 이의 표현성의 표시들에서 노출되며(루스탕) 우리들로 하여금 첫번째 구분, 즉 이야기하고 있는(제라르 주네트의 용어에 의하면 동질 서술적), 이름이 부여된 서술자와 논리적으로는 미지의 작가(이 책은 1721년 네덜란드에서 작가명 없이 출판됨) 사이의 구분을 설정케 한다. 두번째 이야기는 첫번째 이야기에 삽입되어 시작된다. 그 이야기에서 리카의 어머니는 새로운 서술자가 되며, 서간문 작가는 그녀에게 약속을 해야 한다.

메타 언어적이며 친교적 기능들은, 정중함의 양식들과 장소와 시간의 지시를 고려하지 않는다면 (윤활한 소통, 명료하게 이해될 수 있는 코드를 보장해야 하는 단순한 메시지들처럼) 부재하는 것 같아 보인다.

수신자를 향한 방향성은 **능동적 기능**을 드러낸다. 여기에서 그 흔적들은 많다: 두번째 인물은 여격으로 말을 건다. 그렇지만 동질 서술적인 서술대상자 우스벡과 실제 수신자인 허구의 독자를 구별하도록 주의하자.

루스탕은 우스벡에게 그들에게 공통된 대상들에 대해 말한다. 그는 이야기를 벗어나 실제 존재하는 것으로 전제된 인물들, 장소들, 상황들에 대해 암시한다. 통념적이라 할지라도 여기의 상상적인 동양은 **지시적 기능**과 일치한다.

전언 그 자체에 중심을 두는 **시적 기능**은 발화자의 문체, 그의 산문주의나 시, 그의 언어의 투명성, 혹은 그의 미학적 탐구들과 관련된다. 여기서는 페르시아인의 특징인 수사학적 남발과 몽테스키외 고유의——모순적이고 교육적인——의도들을 구분해야 한다.

언어의 여섯 가지 기능의 대략적인 검토는 이미 서술적 담화들을 분류하게 한다. 1인칭의 담화들은 주로 서술자를 개입시키게 하며, 다른 담화들은 그럴수록 수신자를 향한다. 끝으로 19세기 대부분의 소설들처럼 전언보다 지시 대상에, 현실을 재현하는 방식보다 현실에 더 많은 자리를 할애한다.

오스틴[44]에서부터 발전된 이론들에서 끌어내어진 삼분법의 연구에 의해 이 분석은 완성되어질 것이다.

---

44) J. L. 오스틴, 《말한다는 것은 행한다는 것이다 *Quand dire c'est faire*》, Le Seuil, 1970.

말의 행위들

화용론, 즉 언어 행위들에 대한 연구(게다가 이런 반향적 정의는 메타 언어적인 기능의 좋은 예를 보여 주는데, 이 기능이 분명히 보여 주는 언표를 중심에 둔다)는 세 가지 유형의 담화들을 구분하는데, 이 담화들은 실제로 자신들끼리 비교될 수 있는 세 가지 발화 행위 양태들이라고 할 수 있다. 언표는 다음의 세 가지 행위와 상응된다:

— **발화적 행위**: 지구는 둥글다라고 객관적으로 확신하는 것;

— **발화 내적 행위**: "나는 너에게 세례를 베푼다" "내 말이 거짓이면 죽어도 좋소";

— **발화 매개 행위**: 말로, 수신자에 관해 어떤 효과를 획득하는 것: 희극적 문학은 웃기는 것, 선동적 담화는 청중의 찬동을 이끌어 내는 것 등등.

《여자의 일생》의 마지막 문장을 보도록 하자:

> 그 다음에 그녀(로잘리)는 당연히 자신의 생각에 답이라도 하듯이 덧붙였다: "인생이란, 당신도 알다시피 사람들이 생각하는 것처럼 결코 그렇게 좋지도 나쁘지도 않답니다."
>
> 기 드 모파상, 《여자의 일생》.

여주인공의 하녀인 로잘리가 말한 문장은 발화자의 단순한 확인 같다. 그녀는 개인적 경험에 준거한 일반적 진실의 특징인 보편적 현재를 사용한다.

능동적이고 시적인 기능 혹은 발화 내적이며 발화 매개적 차원이라고도 말해도 좋을 이 기능들은 동시에 개입된다. 로잘리는 잔(잔은 오래전에 더욱 체념적인 생각을 표현한 바 있다: "인생이란 항상 즐겁지는 않은 법이야")에게 말하면서 존재에 대해 판단을 내린다.

모파상의 목적은 결국 자연주의라는 명목으로 가장 비천한 이야기 면면들을 모아 놓은 그런 이야기의 쇼펜하우어적인 페시미즘을 희석시키는 것이다. 단순한 격언인 로잘리의 언표는, 그러므로 문학 작품의 화용론적 맥락에서 다양한 기능을 가진 의미를 취한다.

이야기/담화의 대립

사실주의적 허구

지난 10월말경에, 한 젊은이가 도박장들이 열리고 있었던 팔레-루아얄 궁에 들어섰다. 주로 세금을 내려는 열렬한 마음을 보호하는 법에 잘 들어맞는 집이었다. 별 망설임 없이 그는 36번이라는 숫자로 지시된 도박장의 층계를 올라갔다.

— 선생님, 모자를 거시겠습니까? 무뚝뚝한 낮은 소리로, 어둠 속에 웅크리고 있던 창백한 노인이 싸구려 조형물 같은 얼굴을 드러내면서 갑자기 방책 뒤에서 모습을 드러내며 그에게 소리쳤다.

당신이 도박장에 들어갈 때는 모자를 벗는 데서부터 법칙은 시작된다. 이것은 복음적이고 계시적인가? 오히려 어떤 것인지도 모르는 내기를 강요하면서 당신과 무시무시한 계약을 맺는 방식은 아닐까?

발자크, 《신비로운 도톨가죽》.

이 《신비로운 도톨가죽》의 첫번째 세 문장에서 독자는 아주 쉽게 다음과 같이 구별한다; 지난해 한 젊은이에게 일어난 소위 모험의 시작; 대화의 시작(노인의 대사); 작가가 독자를 공격하고 국가와 악덕의 악랄한 결탁에 관해 질문을 가장한 논고를 구별한다.

세 개의 별행들, 서술적 발화 행위의 세 가지 다른 양태: 한 인물의 **말**에 의해 중단된 **이야기**는 작가의 **담화**로 이어진다. 문법적 시제는 이런 각각의 양태들과 일치한다. 단순 과거 혹은 정과거는 이야기의 시제이며, 현재는 담화의 시제이다. 또는 과거의 사용은 문학적 허구에 해당한다. 인물들의 말이나, 혹은 여기 세 번째 문장에서처럼 읽기 계약('참을 수 없는?')에 의해 잠재적으로 연루된 화자와 청자의 말과 관련되든 간에 현재는 개인적 말을 표현하기 위해 쓰인다.

사실적 효과(날짜, 장소, 세부 사항들의 묘사의 정밀성)를 강화하는 단순 과거는 이야기의 탁월한 시제로 나타난다. 현재 시제는 반대로 편파성, 사적인 연루의 흔적들이 많이 들어 있다. 현재 시제는 소설가들이 역사가들의 '과학적' 중립성과 경쟁하고자 하면서 조금씩 포기될 것이다. 1953년부터, 롤랑 바르트[45]는 소설적 서체에서 아오리스트[46]의 사용을 토대로 하는 이데올로기를 과장하여 언급했다:

---

45) 롤랑 바르트, 《서체의 영도 *Le Degré zéro de l'écriture*》, Le Seuil, 1953.
46) 명확한 시점을 밝히지 않는 과거. [역주]

"단순 과거 동사는 암암리에 인과적 연쇄에 속하게 된다. 동사는 굳게 결속되고 방향이 정해진 모든 행위에 참여한다. 동사는 어떤 의도의 수학적인 기호처럼 작용한다. 시간성과 인과성 사이의 애매함을 유지하면서 동사는 전개를 이끌어 가고, 다시 말해 이야기의 이해를 돕는다. 바로 이런 이유로 단순 과거는 우주의 모든 구성들의 이상적인 도구가 된다; 단순 과거는 우주 생성 이론, 신화, 역사, 소설들의 인공적인 시제이다."

다른 말로 표현하자면, 이야기는 철저히 언표를 목표로 삼는다; 담화에서는 언술 행위의 자취들이 분명히 드러난다.

프랑스 동사에서 시제의 관계들

에밀 벤베니스트가 언술 행위의 다른 두 차원을 드러내는 서로 다르면서도 보충적인 두 체제를 구분짓는 토대들을 제시한 것은 바로 이런 제목하에서이다.[47] 이 구분은 차후 널리 수용된다.

역사적 서술(récit historique)은 세 가지 시제, 아오리스트(=단순 과거), 반과거, 대과거(실제로는 소위 정의나 보편적 정의의 현재)를 포함한다. **담화의 동사 시제** 영역은 훨씬 더 넓다. 오직 아오리스트만이 배제된다. 완료 시제(복합 과거)의 체계적인 사용은 기본 특징들 중의 하나이다. 'Il fit'는 'il a fait'와는 반대로 사건을 화자의 현재에서 분리시키면서 사건을 객관화한다. 이런 대립은 인칭 대명사들의 특수한 사용을 전제한다. 교환된 담화의 모방(mimèse)으로서의 대화는 보통은 담화의 차원에 위치한다: 시제들

---

47) 에밀 벤베니스트, 《일반언어학의 제 문제들 *Problèmes de linguistique générale*》, Gallimard, 1966.

은 현재이고 완료이다; 대명사는 나(je)와 너(tu)이다. 사건들의 재현은 아오리스트, 3인칭 대명사, 보통 시제 반과거를 사용한다. 이런 관점에서 글쓰는 이의 '담화'와 같은 '자서전적' 이야기는 대체로 담화의 일상적인 기호들을 택하게 될 것이다.

벤베니스트의 분석은 주로 대명사 계열과 동사 시제 계열과 관련된 문법상의 대립들의 작용을 토대로 세워진다. 그러나 그의 분석은 화자가 서술에 참가하느냐 하지 않느냐에 따라, 시점의 개념과 결합된다. 게다가 그의 분석은 문어/구어라는 이분법을 개입시킨다. 이 구어는 당연히 화자의 현존을 전제하며 담화의 시제들과 대명사들만을 사용한다. 이처럼 벤베니스트는 "Je fis[48]라는 형태는 1인칭인 이야기에도, 아오리스트 시제의 담화에도 받아들여지지 않음"을 단언할 수 있다고 생각한다. 그런데 이런 두 가지 배제를 다 부인하는 소설들이 많다. 예를 들어 《전사의 휴식》에서도 찾아볼 수 있는데 1인칭과 단순 과거는 함께 쓰이고 있다:

> 나는 빨리 올라갔다. 자물쇠가 말을 듣지 않았다. 나는 계속 시도했다. 열쇠 하나가 맞아떨어졌고 문이 열렸다. 나는 재빨리 문을 다시 닫았다.
>
> Je montai vite. La serrure fonctionnait mal. J'insistai. Une clé tomba à l'intéireur, la porte s'ouvrit. Je la refermai vivement.
>
> 크리스티안 로슈포르, 《전사의 휴식》, Grasset.

끝으로 벤베니스트가 고전 소설 자료집에만 의지한다는 것을 주

48) '나는 했다'의 단순 과거. 〔역주〕

지하자. 이들 소설에서 서술(narration)은 이야기된 모험에 비해 항상 나중에 나온다. 그가 세운 체계는 《변모》 같은 작품과는 관계가 없을 것이다. 이 소설에서 미셸 뷔토르는 다음과 같은 방식을 사용한다: a) 대명사 당신(vous), b) 전 서술법(narration antérieure),[49] c) 현재(무대에서의 내적 독백 같은 서술)와 미래 시제의 교대:

> 당신이 감시를 시작할 때는 5층의 페르시아인들은 여전히 문을 닫아 걸고 있을 것이다. 당신은 자신이 초조하다는 것을 잘 알고 있으며, 당신의 전략에도 불구하고 8시 이후 다시 당신의 관찰 장소로 돌아올 수 없을 것이며, 마침내 창문이 열리기 전까지 아주 오랫동안 인내해야 하고, 균열이 간 건물 정면을 관찰하면서, 2층 사람들의 얼굴들이 지나가는 것을 보면서 시간을 보내야 할 것이다. 그러다가 어쩌면 당신은 그녀가 소란스러운 모터사이클이 커브 도는 것을 보러, 새까만 머리, 아버지가 프랑스인이지만 이탈리아인 다운, 여전히 부시시한 머리를 창 밖으로 내밀고 나타나는 것을 보게 될지도 모른다(…).
>
> 미셸 뷔토르, 《변모》, Minuit.

그 자체 현대 소설의 특성인 《변모》에서, 이야기는 일어날 수도 있는 사건들의 충실한 보고서와는 상관이 없고 인물이나 서술자의 상상적 역량에서 나온 상황 창조와 부합된다.

49) 전과거나 전미래 같은.〔역주〕

수사학과 소설

소설적 언어가 어떻게 일상어의 문법적 구조들을 바꾸고 독점하는지를 보았다면, 이 언어가 고전적 수사학의 담론들을 동일한 방식으로 체계화하지 않는지에 대해 생각해 볼 수 있다.

야콥슨은 산문과 시를 철저히 분할하며, 사실주의와 서정시는 더욱 분명히 분할한다. 그에 의하면 시적 서체의 특징은 은유를, 소설의 특징은 환유를 사용하는 경향을 보인다:

"낭만적 시의 은유적 문체를 분석할 때 시학에 의해 사용된 언어학적 방법론은 사실주의적 산문의 환유적인 구조에 전적으로 똑같이 적용될 수 있다."[50]

이런 두 가지 형상은 두 가지 이율배반적인 언어학적 태도, 계열적 괴리로 인한 태도와 연사적인 변화로 인한 태도와 일치한다. 야콥슨이 옳다는 것을 보여 주는 경우들은 무수히 많다. 예를 들어 《감정 교육》에 나오는 샹-젤리제의 묘사는 극도로 환유적인 어휘망 위에서 세워진다:

> 말갈기들끼리 거의 맞닿아 있었고, 초롱들도 맞닿아 있었다; 쇠등자들, 은 재갈 사슬들, 동으로 만든 고리들의 번쩍거리는 빛들이 여기저기 짧은 바지들 사이로, 하얀 장갑들과 모피옷들 사이로 반사됐으며, 그 빛들이 다시 마차문들의 문장들도 번쩍거리게 했다.

---

50) 로만 야콥슨, 《일반언어학 개론》, *op. cit.*, Poétique, p.244.

그리고:

> 마부들은 고삐를 느슨하게 잡고 채찍들을 내려놓았다; 말들은 흥분이 되어 재갈의 사슬들을 흔들어대었고, 주변에 거품을 내뿜었다; 말 엉덩이들과 축축한 마구들에서 김이 피어 올라왔고, 그 속에서 석양이 지고 있었다.
>
> 귀스타브 플로베르, 《감정 교육》, I, 3 과 II, 4.

그렇지만 이런 분석이 한편으로 소위 소설적 서체보다 대상이 된 작가의 문체(여기서는 플로베르의 근시안적인 문체)와 당연히 관련이 된다는 점에서, 그리고 다른 한편으로 타오르는 은유의 불길이 시인들에게만 한정되어 있지 않다는 점에서 이의를 제기해야 할 것이다. 이런 것은 베르나르댕 드 생 피에르, 빅토르 위고, 셀린, 비올레트 르뒤, 파트리크 그랭빌과 같은 소설가들, 혹은 의도는 아주 다르지만 뮈리엘 세르와 같은 소설가에게서도 발견될 수 있다.

토도로프도 몇몇 문식을 문장보다 더욱 넓은 의미 단위들에 적용시킨 일종의 이야기의 문법을 제시했다. 특히 실렙시스[51]는 "이야기에 아주 넓게 확장되어 쓰였다. 보카치오의 단편에서 그런 예를 볼 수 있다. 그의 단편은, 한 수사가 마을 어떤 부르주아의 아내인 자신의 정부에게 간 이야기이다. 갑작스레 남편이 돌아온다면 어떻게 할 것인가? 아이의 방에 틀어박혀 있었던 수사와 부인은 아이가 아프다고 하면서 아이를 돌보는 척하고 있었다. 안심이

51) 한 단어에 본래의 의미와 전의를 동시에 사용.〔역주〕

된 남편은 그들에게 진심으로 감사한다. 이야기의 흐름은 보다시피 정확하게 실렙시스와 같은 형태를 취한다. 침실에 있던 수사와 부인이라는 같은 사건은 그보다 앞선 이야기 부분에서 어떤 설명이 암시되며, 그 다음에 나오는 부분에서는 다른 설명을 부여받는다; 앞부분에 의하면 그것은 연인들의 만남이다; 그 다음 부분에 따르면 아픈 아이를 치료하는 이야기이다. 이런 소극은 보카치오의 작품에서는 상당히 빈번하다: 종달새 이야기, 통 이야기 등을 생각해 보자."[52]

그러나 개그, 콩트, 또는 우화와 같은 어떤 '짧은 이야기들'이 사실상 문식의 확장으로 나타날 수 있다면, 더 규모가 큰 서술 텍스트를 하나뿐인 의미 효과가 발전한 것으로 볼 수 있는가?

리카르두는 이 길을 탐구하고 누보 로망의 지시적 의미의 주변부에서 자신의 개념을 이끌어 갈 수 있는 수사학적 도구를 찾아내고자 한다.[53] 그는 사물들보다 기호들에 더 많은 중요성을 부여하면서 텍스트적 (또는 성적) 생성 기관에 관심을 집중하며, 기꺼이 클로드 시몽의 《파르살 전투》를 문장(프라즈(phrase))의 전투로 읽는다. 게다가 작품들의 자동-해석(auto-exégèse)을 행하면서 그는 망설임 없이 숨겨진 의미들을 자신의 《콘스탄티노플 정복》에 담아낸다. 여기서 프리즈는 프로즈(=산문)로 볼 수도 있다:

"이처럼 허구는 우리가 지금 보았던 것에서부터 조금씩 증가할 것이다. 특히 우리가 에로틱이라고 하는 이런 방향 속에서 허구

---

52) 츠베탕 토도로프, 《산문의 시학 *Poétique de la prose*》, Le Seuil, 1971, p.36.

53) 장 리카르두, 《누보 로망의 이론에 대하여 *Pour une théorie du Nouveau Roman*》, Le Seuil, 1971.

가 발달되는 것은, 사실 그 점을 주시하자, 제목의 발달 속에서 밀접하게 연관된 두 개의 글자가 I 혹은 남근적 글자, O 혹은 외음부적 글자였다는 것을 알아채었던 사람들에게는 전혀 놀라운 일이 아닐 것이다.[54] 말놀이, 다른 문자(allographe), 음위 전환(métathèse), 유음 중첩법(paronomase), 문장 맞추기(rebus)는 레리스, 기요타, 보리스 비앙, 산 안토니오, 페렉의 경우 실상 매우 빈번하게 나타난다. 세르주 두브로프스키도 기꺼이 자신의 자전적 소설들(혹은 허구의 자기 이야기) 중의 하나에 《아들》이라는 애매한 제목을 붙인다. 그것은 무의식의 씨실을 짜는 실(붉은)인가, 또는 낳아 준 부모의 뒤를 잇는 자식(여기서 자식은 책 그 자체가 될 수 있음)을 말하는 것인가?

라캉식의 말장난에 미소지을 수 있다: 문학적 텍스트는 외계인들에 의해 전달된 수수께끼가 아니며, 비평가는 신탁을 풀이하는 여사제가 아니다. 감금된 칸타우로스의 모습이 겉으로 보기에는 평범한 지오노의 어떤 묘사에서 나타난다면 당연히 의혹의 눈길을 보낼 수 있다:

> 그는 상체 TORse를 왼쪽으로 이어 오른쪽으로, 왼쪽으로, 오른쪽으로 기울이며 몸의 균형을 잡으면서 balanÇANT 전속력으로 미끄러지고 있었다…….
>
> 장 지오노, 《세상의 노래》, Gallimard.

---

54) 장 리카르두, 《누보 로망; 어제, 오늘 *Nouveau Roman; hier, aujourd'hui*》, 10/18.

그렇지만 소쉬르 그 자신도 철자나 문자의 순서를 바꾸는 놀이뿐만 아니라 그래픽적이며 음성적인 자료들을 중요시했다는 것을 잊지 못할 것이다. 누보 로망이 라블레적인 영감의 풍부함을 재발견하고, 이들을 통해 중세 이야기들의 우화적인 오랜 전통과 결합할 수 있었던 것은 바로 누보 로망이 사용했던 낱말들, 언어에 특별한 관심을 기울이면서이다.

5. 구조주의적 분석

'자연사'의 전통을 간접적으로 이어받은 구조주의, 또는 인류학, 언어학, 민속학자들 연구의 직접적인 계승자인 구조주의가 실존주의의 진지한 경쟁자로서 충분한 반향을 일으키며 나타날 수 있었던 것은 바로 기능적 혹은 형태적 분석 영역 안에서이다.

그렇지만 구조주의적 방법은 일종의 연구 방법이지 철학이 아니다. 60년대부터 구조주의 방법이 일으킬 수 있었던 열광은 물론 이들의 복합적인 재능 때문이다. 해석을 목표로 하기 전 해석과 무관한 것처럼 이루어진 분석과 통합 때문이다. 복합적 체계의 분석은 단편, 소설, 대중적 이야기[55] 혹은 연속적인 이야기[56]에서 이루어진다. 통합은 구술이나 문자로 된 다른 총체들에서부터 구조적 반복들의 연구(레비 스트로스, 브르몽, 그레마스)이다.

55) 츠베탕 토도로프, 《문학과 의미 *Littérature et signification*》, Larousse, 1967.

56) 블라디미르 프로프, 《민담의 형태론 *Morphologie du conte*》, Gallimard, 1970.

구조주의는 분석 대상이 부분들의 단순한 총합으로 축약될 수 없다는 원칙(하나의 객관적 사실이지 가정이 아닌)에서 출발하면서 의미 작용 단위들을 찾아내고자 한다. 변별적인 단위들은 변별적 기능들과 부합한다: 이들 단위는 관련된 체계 안에서 사용되었을 때에만 의미를 가진다. 가치를 결정하는 것은 이들 단위의 본질적 특징들이 아니라 바로 조합의 법칙이다. 이처럼 이야기 분석에 관한 한 플롯의 이해를 위해서는 **필연적 동기**들만이 중요할 것이다; 서술적 미화, 이념적 담화는 어떤 점에서는 무동기이다: 이들은 **무연 동기**(motifs libres)[57]이다.

심층적 구조와 표층적 가변성과의 대립에서, 인문학에서 이루어지는 현재의 탐구에 활기를 불러일으키는 중요한 구분들 중의 하나를 볼 수 있다.

서술의 기호학

시나리오의 개념

첫 문장부터, 게다가 제목까지 포함해 모든 소설은 상당한 많은 기호들을 제시하는데, 이런 기호들은 수신자로 하여금 자신이 발견하게 되는 텍스트의 미확정된 경계를 정할 수 있게 해준다. 이런 표시들은 형태론적·통사론적 또는 의미론적 표시들이다(파라텍스트에 의해 추론된 도표들을 참조할 것. 2.1). 이들 표시들을 통해 작품은 더 광범위한 지적 체계나 미학적 체계에 기재되면서

---

57) 토마체프스키, 〈주제 Thématique〉 in 《문학의 이론 *Théorie de la littérature*》, 공저, Le Seuil, 1965.

작품의 다의성을 한정시키는 기존의 어떤 문화를 전제하게 된다. 앵글로 색슨 문화나 라틴 문화에서라면 **스크립트**나 **시나리오**에 대해 말하게 될 것이다. 모든 경우에서 우리가 어떤 개별 작품을 인지할 때 정보를 주는 모든 문학적 지시들에 대한 전반적이고 확산된 지식, 다소간 의식적인 지식과 관련된다. 움베르토 에코에 의하면 "이데올로기적 체계들은 과다코드화(hypercodage)의 경우로 간주된다. 이런 체계들은 백과사전에 속한다."[58] 이런 시나리오들은 다소 제약을 가하는 편이고 상투적이거나 비정형적이다.

— 《누벨 엘로이즈》(루소), 《레이스 짜는 여자》(파스칼 레네), 《마을의 파우스트》(장 지오노)는 모두 서술적 텍스트를 가능성의 높은 단계로 이끈 부류에 속한다. 이들은 사랑의 열정, 네덜란드의 내면파 회화, 악마와의 계약이라는 각 주제들을 확대시켰다.

— 《삼총사》(A. 뒤마), 《돈》(졸라), 《연인》(마르그리트 뒤라스)은 마찬가지로 미확정으로 남게 될 기회를 거의 주지 않는다. 많은 경우 부제, 헌사, 제사는 독자의 상상을 결국 한 방향으로 유도하게 된다.

— 《사라고사에서 발견된 수사본》(장 포토키가 프랑스어로 씀), 《오닉스 인장》(바르베 도르비이), 《어때》(베케트), 이들 책을 지배하는 것은 불확실의 원칙이다. 낯선 제목은 수수께끼 같은 세상을 전제한다.

시나리오에 대한 인식이 애매할수록 일종의 특별한 읽기를 유도하게 될 것이다. 수신자의 기대치에 부응하는 것으로 보이거나 보이지 않거나 그것은 작가의 몫이다. 《베이징의 가을》(그리고 대

---

58) 움베르토 에코, 《파불라 읽기 *Lector in fabula*》, Grasset, 1987, p.105.

체로 초현실주의 소설들)은 작품을 알리는 제목과는 전혀 상관없는 내용을 담고 있다. 반대로 《콧수염》이라는 제목은, 모파상의 단편이나 엠마누엘 카레르의 소설이든 간에 이야기로 나아가는 훌륭한 구실이 된다.

이야기된 사건(histoire)과 이야기하기(narration)

이런 대립은 언표와 언술 행위, 서술(récit)과 디제시스(diégèse; 허구의 세계), 게다가 스토리(fable)[59]와 플롯(sujet)[60]을 실천상의 구분을 토대로 나눈다. 장 리카르두는 허구(fiction)/이야기하기(narration)라는 반명제의 쌍을 사용한다. 명칭이야 어떻든 현실(진짜이든 허구이든)이 소설 속으로 전이되는 방식을 평가하는 것과 관련된다. 토마체프스키에게 있어서, "스토리(fable)는 실제로 일어난 것이다; 플롯이란 독자가 그것을 인식하는 방식이다."[61] 이런 관점에서 한편으로는 연대기적으로 이야기된 사건(histoire)이 있을 것이고, 다른 한편으로는 독자의 문화 코드를 공유하는, 작가와 독자의 고유한 논리에 따르는 서술(récit)이 있을 것이다.

서술의 차원에서, 그러므로 소설의 역할은 혼란스럽지만 대체로 중요하지 않는 체험을 질서 속에서——혹은 교묘한 무질서 속에서——전개하는 데 있을 것이다. 다른 말로 설명하자면 일화를 운명으로 변화시키는 것이다(〈통념들의 총체〉 참조). 구성은 중요한 역할을 한다. 구성은 시간성의 표현(6장 〈시간성〉 참조)뿐만 아

59) 파불라, 실제에서 일어난 순서 그대로의 스토리.〔역주〕
60) 쉬제, 스토리에 가해진 저자에 의한 변형.〔역주〕
61) 토마체프스키, 《문학의 이론》, *op. cit.*, p.208.

니라 사건들의 흐름을 엮어 가는 방식에 개입한다. 폴 기마르의 《인생》은 자신의 극적인 관심의 핵심을 이분법적 구성에서 끌어낸다: 자동차 사고는 삶의 시간과 죽음으로 이끄는 시간과의 돌이킬 수 없는 경계를 가리킨다. 《페스트》에서 카뮈는 고전극의 격식인 엄격한 구성에 따라 5부로 된 구성을 사용한다. 《밀랑의 통로》의 12장은 물론 이들의 상징적 가치 때문에 택해진 것이다. 미셸 뷔토르는 자신의 글들에서 언제나 수점(數占)에 민감하다. 게다가 12라는 수는, 파리의 한 건물에서 일어나는 12시간의 생활이라는 이야기의 예상된 지속 시간과 관련된다. 어떤 것도 우연인 것은 없다!

분할(découpage)

이야기를 부나 장으로 다시 나누는 것, 독서를 유도하게 되어 있는 제목들의 현존이나 부재는 의미 작용을 조성하며 메시지의 가독성을 체계화한다. 《정복자들》을 셋으로 나눔(공략, 권력, 인간)은, 말로의 교육적인 계획과 완전히 일치한다. **반대로** 최대한 무장을 갖춘 독자라도 《플랑드르의 길》에서 클로드 시몽의 끊임없는 서술에 의해 방황하게 된다. 새로운 단계로 나아가는 피에르 기요타의 《에덴, 에덴, 에덴》은 2백50페이지 내내 오로지 한 번만 줄바꿈한다.

부로 나뉘는 것은 대체로 연속, 게다가 계절의 순환이라는 특성을 드러내는 시간의 흐름과 일치한다. 지오노의 《소생》처럼 '시골을 다룬' 소설들의 경우이다. 그러나 계절은 감정적 삶에서 하나의 순환이라는 심리학적 위기, 내적인 비극이라는 비유적 의미에서도 이해될 수 있다: 펠리시앵 마르소의 《크리지》 같은 소설은 고리형 구성을 택하는데, 이야기는 출발점으로 되돌아가면서 끝난다.

분할은 대체로 주제를 고려해서 이루어지나, 기법상의 제약들로 인해 나누어질 수도 있다: 연재 소설로 나온 후 재발간된 소설들에게서 길이가 같은 이야기들, 추리 소설에서 폭력과 에로티시즘의 장면들이 번갈아 나타나는 것, 동시에 일어나는 사건들을 연속적으로 서술하기, 인물들의 변화 등. 그러나 분할이 공간적 이동과 일치될 수도 있다. 《사전꾼들》의 1부, 2부, 3부는 상대적으로 파리, 사아스-페(Saas-Fée), 그리고 다시 파리를 배경으로 한다. 어떤 식으로 분할되든간에 분할은 결코 자신의 자의적인 면을 드러내지 않는다.

양분법이 우화의 기본 구조에 속하기 때문인지, 관점들의 애매함과 상대성을 강조하기에 가장 적당하기 때문인지는 몰라도 2부로 나누는 구성은 가장 많이 쓰이는 분할 방법 중의 하나이다. 스탕달의 《뤼시앵 뢰뱅》에서 낭시에서의 주둔지 생활은 파리의 사교 생활과 대조를 이룬다. 각 도시는 샤스텔레 부인이나 그랑데 부인과의 특별한 애정 모험과 일치한다. 카뮈의 《이방인》은 초기의 계획(《행복한 죽음》)에는 없었던 교육적인 차원을 취하면서 1부가 객관적으로 기록된 사건들이라면, 그 다음 2부에서는 이 사건들이 심판된 사건들로 대립되는 양상을 보여 준다.

장의 종결

시작(첫 문장)과 끝(마지막 문장)은 이야기의 효과상 특별한 위치를 차지한다. 거기에서부터 종종 상징적인 의미, 하나의 '윤리'가 암암리에 또는 명백하게 전개된다. 플로베르는 《감정 교육》을 그만의 독특한 어휘에 따라 '쥐의 꼬리'로 끝을 맺지만, 그는 각 장이 강한 시점으로 끝나도록 주의를 기울인다. 예를 들어 마리 아르누를 위해 마련된 실내화를 신는 로자네트나(II, 5) 세네칼에 의해 쓰러지는 뒤사르디에로 끝난다(III, 5)…….

장의 마지막 문장은 주제의 정지와 일치할 수 있다. 그러므로 그 다음장은 다음 예처럼 시간이나 공간적으로 건너뛴 후에 다른 주제로 열린다:

> 나는 그 젊은 영국인에 관해서는 어깨를 으쓱해 보이고는 잠들었다.
>
> 4장
>
> 도착을 알리는 종이 나를 깨웠다. 우리들은 생-말로 항에 도착해 있었다.
>
> 빌리에 드 릴라당, 《트리뷜라 보노메》, Denoël.

이야기의 흐름을 끊고 정지의 효과를 만들어 내는 묘사로 장을 끝낼 수도 있다. 이런 묘사 중에 잘 알려진 것이 대기의 묘사(notations atmosphérique)이다. 이 묘사의 차분함은 예를 들어 《인간 희극》이나 《페스트》에서처럼 역사적 사건들의 비극에 대응하는 대위법적 리듬을 준다.

장이 갑작스레 어떤 문단의 중간에서 끝난다면, 거기에서 놀람의 효과가 나온다. 이런 기법은 시구를 끝내지 않고 다음 행에 걸쳐지는 시의 기법과 비교할 만한 것으로, 다음장의 시작 구절에 관심을 끌어들이게 하며 이런 식으로 서술의 리듬을 증폭시키는 느낌을 주면서 '서스펜스'를 유지하게 한다:

나지막한 마른 기침 소리가 들려 그는 머리를 들었다. 옆사람이 그를 보고 있었다.

XIII

호기심 많고 혐오감을 불러일으키는 전형적인 인물. 당연히 60은 넘어 보이는 어쩌면 1백 살까지로도 보이는 인물.

루이 아라공, 《고급 주택가》, Denoël.

이 발췌문에서 분할의 과정에 의해 강조되는 것은 자신의 명상에서 갑자기 깨어난 인물-증인의 놀라움이다.

연대기적 몽타주와 정의(情意)적 몽타주

진실이든 허구이든 이야기되어진 사건들에 대한 마지막 서술에 대한 관례들을 받아들인다면(〈지속〉 참조), 그리고 소설을 다른 매체들(연극 · 영화 · 만화영화 등)과 같이 소통하는 통로로 간주한다면 언표(이야기된 사건(histoire))와 언술 행위(서술(récit), 사람들은 이 서술을 통해 이야기를 알게 된다) 사이에 존재하는 관계들을 연구할 수 있다. 무엇보다도 사실들을 제시하는 차원에서 대립된다. 사건들의 차례가 보존되느냐, 아니면 뒤섞이느냐에 따라 각각에 대해 두 가지 형태의 몽타주를 구분해서 말할 수 있다:

연대기적 몽타주	정의적 몽타주
서술적	표현적
논리적	신화적, 이데올로기적

'몽타주'라는 용어는 영화의 영역에서 빌려 온 것이다. 이 용어

는 Kouléchov-Moskoujine 효과(두 개의 연속적인 이미지들은 이들이 나타나는 순서에 따라 그 의미가 달라진다)를 인정하는 것에 그 토대를 둔다. 이 점은 특히 브르몽이 발전시킨 서술적 가능성의 이론에서 검증될 것이다. 그러나 논리적 (혹은 연대기적) 몽타주와는 반대로 신화적 혹은 이데올로기적 몽타주를 대립시키면서, 토도로프는 말해지지 않은 것의 힘과 모든 문학 창작에 내재된 논리적-의미론적 전제들의 힘을 올바르게 상기시킨다. 두 개의 서술적 시퀀스 사이에는, 이들 시퀀스가 단순하게 병렬되어 있을지라도 오랜 격언 **'이것 이후에, 따라서 이것 때문에**(post hoc, ergo propter hoc)'[62]처럼 다른 암시적인 인과성의 관계가 틀림없이 성립되어질 것이다.

연대기적 몽타주, 혹은 단순히 논리적 몽타주는 선처럼 이어진다: 《비곗덩어리》에서 (모파상의 대부분의 단편들처럼) 공간적 이동은 시간적 연속상에서 엄밀하게 고려된다. 합승마차는 루앙을 출발하고, 중간 휴게소에서 잠시 프러시아 군인들에 의해 멈춰진다. 그 다음 제목과 같은 이름의 여주인공의 구세주 같은 도움으로 디에프로 다시 길을 떠나게 된다.

발자크의 《랑제 공작 부인》은 훨씬 더 '소설적'이며 감정적인 몽타주를 제공한다: 여기서의 단계들은 사랑의 단계들이다. 음악 같은 구성이라고 말할 수 있을 정도로 이야기의 음계는 한 템포에서 다른 한 템포로 변화한다. 다음 도표를 보면서 사건들이 일어난 연대기를 재현해 보자:

---

62) 단순히 두 사건 중에 한 사건이 앞에 일어났기 때문에 첫번째 사건이 두번째 사건의 원인이라는 오류적 발상.〔역주〕

	1	2	3
1816: 결 혼	1818: 변하기 쉬운 관계	5년간의 부재	1823: 그녀의 애인은 스페인으로 잠적한 그녀를 다시 찾는다

4	5
그는 속히 프랑스로 돌아온다	그가 돌아온 지 몇 달 후 공작 부인이 죽는다

이런 사건들의 차례는 서술(récit)에서는 달라진다: "그런데 사실들은 아주 명백하게 단순하다. 사실들 다음에 감정들이 올 것이다." 발자크는 **사태의 한가운데서**(in médias res) 직접 시작한다. 결국 플롯이 필요해지고, 열정과 행동은 여기에 접합되며, 변치 않는 사랑을 간직하고 있는 여주인공의 죽음으로 끝난다. 서술상의 진행은 그 순간부터 앞의 도식을 다시 자기만의 방식으로 취하며, 다음의 도표로 요약될 수 있다:

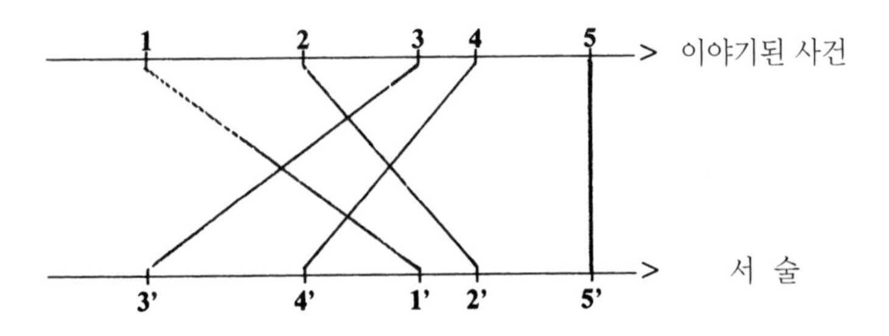

리카르두[63]의 모델에서부터 발전된 이 형태를 보면, '실제' 사건들은 **첫번째** 선에 놓여 있음(그런 점에서 서술(récit)을 통해 사건

들을 알게 되는 것보다 **이전에** 일어난 것임)을 알 수 있을 것이다. 이런 결과는 읽고 난 다음에 조성되어진다. 텍스트의 사실성에서, 텍스트의 문학성에서 오직 두번째 분할만이 언술 행위에 의해 직접 요구되어지기 때문에 의미와 관련된다. 첫번째 선은, 사실상 문학기호학의 영역에서 벗어나는 소쉬르의 삼각형의 세번째 용어인 텍스트 외적인 가설적 지시 대상(hypothétique référent extratextuel)과 일치한다. 그러므로 그런 구성이 적합한 것인지 의문을 제기할 수 있다. 더욱이 이런 구성은 현대 소설의 이론과 실천을 통해 비난받아 왔던, 가능한 한 사실이고자 한 읽기라는 환상을 깨뜨리고 있는 것은 아닌가?

서술(récit)의 체계

이야기의 분석은, 동일한 자료군의 범위를 정한 후에 서술적 원자로 분해한다는 이상으로 나간다. 채택된 시퀀스들은 행위들과 부합하며, 이 행위들을 구현하는 인물들의 상대적으로 무관한 '역할들' 과 부합한다: "변하는 것은 인물들의 이름(동시에 속사들)이며; 변하지 않는 것은 이들의 행위나 기능들이다."(프로프, 《민담의 형태론》)

넓은 의미에서, 이런 유형의 분석은 일종의 특수한 작품에서 행해질 수 있다. 이런 분석에서는 우리가 다루고 있는 시나리오(추

---

63) 장 리카르두, 《누보 로망의 문제들 *Problèmes du Nouveau Roman*》, 〈서술의 시간, 픽션의 시간 Temps de la narration, temps de la fiction〉, Le Seuil, 1967.

리 소설, 입문 소설, 풍속 소설, 악당 소설, 괴기 소설, 고어(gore) 등)의 특징적인 기능들을 어느 정도 알아보게 될 것이다. 장르가 어떤 장르인지를 즉각 알아볼 수 있게 해주는 관례들과 상투형으로 고정되어 있을수록 그 기능에 대한 분석은 쉬워질 것이다. 대부분의 추리 소설들을 중요 요소들로 축약해 놓은 《세계백과사전》을 보도록 하자:

"'추리 소설'의 기본 구조들 중의 하나: 설명할 수 없는 어떤 범죄를 발견한 후, 공식 경찰에 의해 동기 조사가 시작된다. 그 다음 첫번째 범인이 체포되나 사설 탐정은 의심을 품고 자신만의 조사를 계속한다; 새로운 범죄가 개입되고 첫번째 범인의 무죄가 드러난다; 마지막으로 진짜 범인(절대로 예상치 못한)은 사설 탐정에 의해 체포된다."

클로드 브르몽이 《서술적 가능성에 대하여》를 연구하면서, 같은 결과를 되풀이하게 된 것은 우연이 아니다:

"이처럼 이야기의 기본적인 서술 형태와 인간 행동의 가장 일반적인 형태들이 일치되고 있다. 일 · 계약 · 실수 · 함정 등은 보편적인 범주들이다."

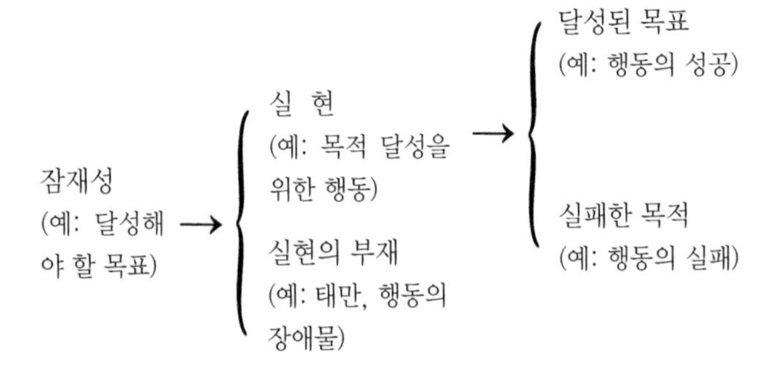

표본의 일반성은 분석가의 희망들을 넘어선다: 《클레브 공작 부인》에서 《영주의 미녀》에 이르기까지, 이항적 장치를 무한히 재생하는 '이야기의 기본 시퀀스' 의 연쇄에서 어떤 이야기가 벗어날 수 있는지 생각해 볼 수 있다:

합리주의의 전통적 기준들에 들어가지 않는 연상의 규칙들에 의해 움직이는 텍스트(《잃어버린 시간을 찾아서》 《변태성욕자》 《소송》……)에 이런 가정을 적용할 때 문제가 될 수 있겠지만, 이런 규칙들이 나타내는 이론적 관점을 인정하지 않을 수 없다. 예를 들어 《신데렐라》 같은 동화는 이런 도식을 실현하고 있다:

A $\longrightarrow$ 시험들 $\longrightarrow$ 성 공 $\longrightarrow$ $A' > A$

반 면 B $\longrightarrow$ 시험들 $\longrightarrow$ 실 패 $\longrightarrow$ $B' = \frac{1}{A}$

(여기서 A는 신데렐라, B는 못된 언니들이다.)

장 폴 사르트르의 《어떤 우두머리의 어린 시절》은 고전적 연관을 보여 준다:

1. 처음의 상태: 아이.
2. 혼란을 가져오는 힘: 자격을 부여하는 시험들.
3. 역동성: 성취해야 할 운명.
4. 균형을 이루는 힘: 성공과 예찬.
5. 마지막 상태: 우두머리.

때로는 5국면을 포함하기 때문에 5진법이라고도 하는 이런 규범적인 구조는, 여기에서는 완전히 남성적인 업적을 통해 영웅을 합법화하는 교양 소설의 패러디로 나타난다.

행동과 인물

주인공/부차적 인물

주인공(héros)의 개념이 오직 독자가 자신과 동일시하거나 선험적으로 대변자로 간주되는 인물에게서 느끼는 호감어린 감정의 결과인지에 대해 우려할 수 있다. 그런 유형의 인물은, 특히 누보로망 작가들이 당연한 의혹을 야기시키게 될 때까지는(예를 들어 나탈리 사로트의 《의혹의 시대》, Gallimard, 1956) 작가에 의해 일반적으로 특별한 대우를 받는다. 이런 특권은 어떻게 구성되어 있는가? 사회문화적 또는 윤리적 차원에서 단순히 더 높은 가치를 부여받는 것이라면, 엄밀한 의미에서의 텍스트의 기호학적 연구와는 상관이 없다. 반대로 형태 차원에서 찾아질 수 있는 특징들의 총체에 관한 것이라면, 본능적으로 감지된 차이는 엄밀한 방식으로 분석될 수 있다. 모리아크[64]에서처럼 토마체프스키의 주인공 연구는, 형이상학적이며 심리학적 차원뿐만 아니라 기능적 분석의 관점에서도 이미 적합한 것으로 나타난다: "작가는 실제 삶에서는 독자의 혐오감이나 거부감을 야기시킬 수 있는 특징을 가진 인물에게서 호의를 끌어낼 수 있다. 주인공을 향한 정서적 관계는 작품의 미학적 구성에서 나오며, 이 관계가 윤리와 사회

---

64) 프랑수아 모리아크, 《소설가와 그의 인물들 *Le Romancier et ses personnages*》, Buchet/Chastel, 1933.

생활의 전통적 코드와 일치하는 것은 오로지 기본적인 형태 안에서이다."[65]

주인공은 다음과 같은 상황에서 인식될 수 있다:

• 이야기에 나오는 출현 횟수. 대체로 가장 많이 언급될 것이다; 여주인공은 처음 나타나거나, 아니면 처음으로 묘사된 여성일 것이다(《뤼시앵 뤼벤》의 여백에 씌어진 스탕달의 생각들: "이 인물이 여주인공이라고들 하겠지. 그녀는 이런 사실을 너무 분명히 보여 준다. 조금 더 생각해 보아야 할 문제. 그래도 여주인공을 잘 드러내어야 한다.");

• 역할의 체계에서 그의 위치. 제한된 경우는 자서전의 경우이다(내적 초점화에 동질 서술적 이야기, 6. 초점화 참조): 그러므로 주인공은 1인칭과 일치하는 유일한 인물이다.

그러나 제목[66]으로 보아서 단번에 다양한 초점화를 예고하는, 시몬 드 보부아르의 《레 망다랭》[67]의 주인공은 누구인가? 《등급》의 주인공들은 누구인가? 이야기를 듣는 상대방인가, 아니면 미셸 뷔토르로 보이는 두 명의 화자 중의 하나인가?

• 중요 인물임을 알게 해주는 문체적 특징들의 수량과 선택. 주의를 집중시키는 이런 수사학은 두 가지 측면에서 관찰될 수 있다:

— 기호들의 과도함: 강조 기법들, 여러 시점들의 집중. 이것이 미셸 제라파[68]가 '평평한' 인물과 대립시키는 '둥근' 인물이라는

65) 《문학의 이론》, *op. cit.*, p.295.
66) 명사 복수. [역주]
67) 특권층의 지식인들 의미. [역주]

이름을 의미하는 것이다;

— 기호들의 효율성. 인물의 '두께'는 그러므로 인물의 중립성, 복합적인 의미들이 투자되는 인물의 능력에서 기인한다. 프랑수아 사강은 자신이 이런 기법을 선호한다고 인정한다: "나는 나의 여주인공들을 육체적으로 묘사하는 것을 좋아하지 않는다. 그녀들은 독자의 상상 속에서 그려질 수 있어야 한다."

인물들의 관계들

문학적 인물은 주로 이야기 안에서 짜여지는 관계들에 따라 정의된다. 기원들의 언급, '실제 인물'에서 출발해 해독하는 일은 일부 시대에 뒤진 것으로, 실제 인물과 상상적 인물과를 유감스럽게도 계속 혼동할 수밖에 없게 된다. 앙리 미트랑은 예를 들어 '신화적 인류학: 《테레즈 라캥》의 인물들의 체계'[69]에서, 사실 그대로의 모델을 참조해서 졸라의 주인공들의 성격을 분석하는 것은 헛수고일 수 있다는 것을 보여 주었다: 인물의 초상화는 실상 그 당시 유행이었던 관상학적 지식에서 나온 분류의 집합으로 이 관상학의 단순화된 측면들을 발전시키는 것으로 그친다.

마찬가지로 《인간의 조건》에서 극의 각 행위자는 특수한 혁명적 태도를 구현하고 있다: 테러리스트 첸은 전문가 카토우, 순교자 에멜리크 등과의 관계에서 정의된다. 로제 바이양의 프랑수아 랑발의 역할은 열렬한 공산당원인 프레데릭의 역할에 따라서 밝

68) 미셀 제라파, 《소설 혁명 *La Révolution romanesque*》, 10/18, UGE, 1972.

69) 《소설의 담론》, *op. cit.*

혀진다(《기묘한 게임》). 이런 예들은 무수하게 많이 찾을 수 있을 것이다.

그러나 다른 쌍들은 부차적 인물들의 차원에서 형성된다. 스탕달은 '키가 큰 금발의, 야위고 젠체하는' 드 겔로를 '키가 크고 검은 머리의 평범한 젊은이' 롤레르와 대립시킨다(《뤼시앵 뢰벤》). 주인공/부차적 인물들이라는 이런 이항적 맞물림이 (그리고 이 첫번째 윤리적 이분법의 내부에 두번째 육체적 차이, 더욱이 부차적 인물들을 동물적으로까지 보이게 하는 구별이라는) 고전적 소설에서 인물을 만들어 내는 가장 일반적인 규칙들에 속하는지, 그리고 가독성의 조건에 속하는지에 대해 질문할 수 있을 것이다.

의미론적 조직(장점이나 단점, 정신과 육체)과 수사학적 조직(복합적 통사 구조 vs 상투적인 환유 또는 은유 체계)들은 소설 세계의 이런 이분법적인 관점을 완성시킬 수 있을 것이다. 즉 상호성이 없는 관계망의 중심에 개인-주인공을 놓고, 일종의 고리 모양의 우주 생성론인 이 관계망 주변을 부차적 인물들, 꼭두각시나 모리아크가 말한 것처럼 어느 정도 경멸하면서도 적당한 순간에 '효용성'도 없지 않은 그런 인물들로 하여금 계속 맴돌게 한다.

행동소 모델(le modèle actantiel)

그런데 이야기란 호환성이 있는, 혹은 있어 보이는 인물들과는 무관하게 작동할 수 있다: 보바리 부인에서부터 보바리즘이라는 의소를 끌어낼 것이다. 최초의 《감정 교육》에서 보바리즘은 앙리라는 인물에 의해, 두번째 수정된 《감정 교육》에서는 프레데릭이라는 인물에 의해 구현될 것이다. 《벽》은 '다섯 가지 삶에서 비극적이거나 희극적인 다섯 종류의 작은 파멸들을' 연출해 낸다. 이 인물들이 파블로, 에브, 피에르, 뤼뤼 또는 뤼시앵 플뢰리에이든, 사르트르의 각 단편의 철학적 의미에 관한 한 어떤 것도 변화시키지 않는다. 베케트, 르 클레지오에게서, '주인공'의 이름이 첫 글자(M, H)나 추상적인 인류인 **아담**이라는 명칭으로 나타날 정도로 개인적 특성은 사라진다. 《작은 끈》과 같은 모파상의 단편에서, 책 제목으로 나타나는 사물은 인간만큼(풍자화된 노르망디 사람들)이나 중요한 역할을 한다(이야기는 이들 인간들 주변에서 자동 지시적인 방식으로 **전개된다**). 장 콕토의 《무서운 아이들》의 중요 인물들 중의 하나는 눈송이이거나, 유음 중첩 차원에서 작가의 분신을 의미하는 '대학의 최고 인기인, 콕 뒤 콜레주'인 예의 바른 다르즐로에 의해 던져진 교란 분자, 작은 공 모양의 약 같은 구형 사물이다.

개성화된 특징을 부여받는 것에서 벗어난 행동의 주인공은 인간, 동물, 사물, 또는 최고의 힘도 주인공이 될 수 있다는 점에서 이제는 모두 **행동소**(actant)로 간주될 수 있다.

그레마스의 행동소[70]는 우선 '자연어의 통사적 구조'의 기능적인 모델에 기초한 여섯 가지 기본 서술 기능을 통해 정의된다(야콥슨의 언어학과 도식의 도움을 볼 것, 4.2 〈언어의 기능〉 참조).

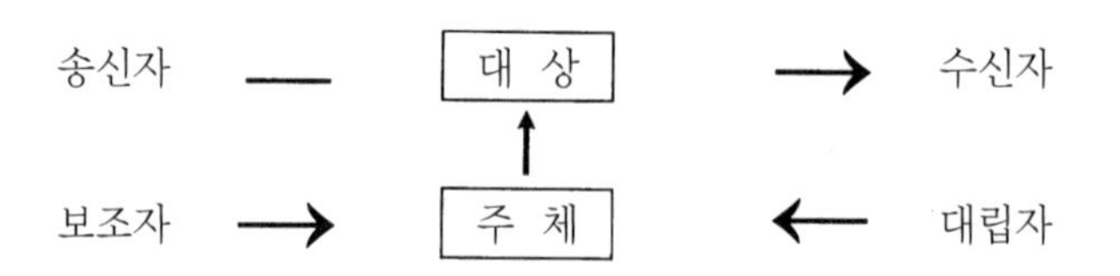

이 행동소 모델이 트리스탕과 같은 소설에서 인물들 상호 관계의 설명에 적합하다는 것을 알 수 있다. 트리스탕의 이야기에서

다음과 같은 도식을 찾아볼 수 있다:

행동소	행동자
송신자	운명 (유리한, 불길한)
대상	금발의 이죄
보조자	마르크 왕, 브랑지앵
주체	트리스탕
대립자	배신자들, 프로생, 하얀 손을 가진 이죄
수신자	합법적: 마르크 왕; 열정적: 운명의 한 쌍

욕망의 관계는 묘약에 의해 상징된다. 같은 인물이 두 가지 기능을 맡을 수 있다: 그의 행동소 역할은 중첩된다; 마르크 왕의 경우, 그의 애매함은 모든 종류의 논의와 설명들을 불러일으킬 수 있었다.

행동소의 분석은, 이것이 허구 세계의 구성에서 언어 구조들의 역할이 무엇보다 중요함을 강조하는 장점이 있을지라도 너무나도 틀에 박힌 모델을 야기할 수밖에 없다는 한계들에 즉시 봉착하게 될 위험이 있다. 《마농 레스코》《마리안의 일생》《사탄의 태양 아래에서》와 같은 작품들은 행동적인 힘들의 총체라는 엄격한 장치 속에 갇힐 수 없을 것이다. 상당히 단순한 짧은 이야기일지라도 필립 아몽처럼 개인적 성격들이 플롯의 발전에 어떤 영향을 미치는지에 대해 항상 의문을 제시해야 할 것이다:

---

70) 그레마스, 《구조주의적 의미론》, Larousse, 1961, p.180.

"**왕**과 **양치기 아가씨**를 하나의 이야기로 연출한다면 **성**의 축, **나이**의 축, 또는 **사회 계급**의 축, 또는 동시에 이 모든 축들의 몇 개를 고려해야 할 것이다."[71]

행위자의 개념만으로 인물의 개념을 대신할 수 없을 것이며, 인물의 특징 부여에 대한 연구의 중요성을 배제시키게 할 수 없을 것이다.

6. 시학과 서사학

'시학' 이란 무엇인가? 시학의 대상은 무엇인가? 서사학과 시학은 무엇으로 연결되는가? 《구조주의란 무엇인가?》라는 책에서, 츠베탕 토도로프는 시학이 아닌 것과 시학이고자 한 것을 상기시킨다:

"이 연구의 목적은 실제 작품에 대한 환언적 설명이나, 이론에 기초한 개요를 밝히려는 것이 아니라, 현존하는 문학 작품들이 독특한 실현의 경우들로서 나타나는 만큼 문학 담론의 구조와 작동 이론, 문학적 가능성들의 도식을 보여 주는 이론을 밝히려는 것이다."[72]

시학은 그러므로 특별히 어떤 작품의 특이성이 아니라 일반적으로 문학 형태들에 관심을 가진다. 시학의 대상은 로만 야콥슨

---

71) 필립 아몽, 〈인물의 기호학적 위상에 대하여 Pour un statut sémiologique du personnage〉, 《리테레르》 n.6, Larousse, 1972.

72) 츠베탕 토도로프, 〈시학 Poétique〉, 《구조주의란 무엇인가? *Qu'est-ce que le structuralisme?*》, T. II , Le Seuil, 1968.

이 바라는 것처럼 '예술 작품을 언어로 된 메시지로 만드는 것'[73] 에 대해, 다른 말로 설명하자면 언어의 미학적 기능에 대해, 게다가 언어의 **문학성**에 대해 사고한다. 어떤 정보를 주기 위해 말하는 것은 언어학·수사학 또는 화용론의 결과이다. 언어는 자신의 의도, 예술적 결과를 위해 시학을 사용한다. 그런 점에서 **규범적**이거나(대부분의 '시론들'이 그렇다) 또는 단지 **기술**(記述)**적**(현 시점에서 가장 확산된 경향)일 수 있다. 이런 기술은 언어의 가장 풍요한 기능들 중의 하나에 기반을 두고 있는 관계로 주관성도, 유행의 현상도, 무의지적인 투사의 위험도 배제하지 않으며, 때로는 기지가 넘치나 언제나 입증할 수는 없는, 일시적 기분에 의한 설명과 같은 인상주의적 비평의 막연함에서 벗어나려고 애쓴다. 마찬가지로 이런 기술 방식은 문학사의 논리적 난점에서 벗어난다.

그래서 기술은 되도록 구조들의 분석과 기법들의 분석에 몰두한다: **텍스트의 기호학**과 관련된다. 소설 영역에서 이런 형태 연구는 책 제목이 분명히 밝히듯이 정확히 퍼시 루복의 《소설의 기술》(1921)에서 시작된 것이다. 헨리 제임스의 《소설의 예술》에 비해, 미학적 결과에 대한 관심에서 창작의 도구에 대한 관심으로 바뀐다.

서사학은 소설적 행위로 제한된 일종의 '국한된 시학'이다. 이처럼 초점화의 체계(누가 보는가? 누가 말하는가?), 내적 독백의 유형학은 서술과 관련된다; 반대로 의미의 생산이 소설적 언어에만 전적으로 속하지 않는 경우에 한해서 인물의 개념은 배제될 수

73) 로만 야콥슨, 《일반언어학 개론》, *op. cit.* (제라르 주네트, 《픽션과 딕션 *Fiction et diction*》에서도 언급됨, Le Seuil, 1991.)

있을 것이다. 서사학은 자신이 체계적이기를 원한다. 모든 체계처럼 서사학은 지나친 이론화라는 과오를 범하고 있다. 그럼에도 불구하고 서사학이 시도하는 방법론적 노력들은 문학 비평으로 하여금 정확성과 신뢰성을 얻게 해주었다. 시점들, 서술적 심급, 시간의 재현을 분류하는 방식들은 차후 폭넓게 탐구된 영역으로서 연구자들간에 상대적인 합의, 아니면 절대적인 동의가 형성될 수 있는 영역으로서 나타난다.

서술적 심급

가장 직접적인 질문은, 아니면 가장 해결하기 쉬운 질문은 이야기의 **목소리**가 누구에게 속하는가에 대한 질문이다: "누가 말하고 있는가?"에 대해 질문하지 않고 넘어가려면, 인물들의 말과 행동들을 작가라는 현존 인물의 살아온 상황들과 생각들과 동일시함으로써 상식적으로 "우리에게 작가가 ……라고 말하고 있다"를 확인하는 경향으로 갈 것이다. 텍스트가 짧든, 문학적이기보다 매체적인, 자서전적 세부 사항들과 개인적인 속내 이야기를 갈구하는, 일종의 '비평' 형태에 의해 쉽게 부양될수록 더욱 일반적으로 되어가는 그런 텍스트이든, 이런 유의 실수를 피하려면 서술적 '연동소(embrayeurs)'의 작동을 관찰하는 것으로 충분하다.

《바티스트 부인》 같은 단편의 경우가 그러하다. 가장 지름길로 가기 위해, 우리들은 오직 서술적 심급의 연구에 직접 관련된 요소들만을 취하고자 한다.

루뱅 역의 대기실에 들어갔을 때, 나는 제일 먼저 시계를 바라보

았다. 나는 2시 10분의 파리 특급을 기다려야만 했다. [⋯]

영구차를 보자 안심이 되었다. 적어도 10분은 벌었다. [⋯]

"당연히 종교 예식 없는 장례이지요?"라고 나는 물었다. [⋯]

친절한 옆사람이 낮은 소리로 나에게 말했다: '정말이지, 굉장한 이야기가 있답니다.' [⋯] 그리고 나서 그는 시작했다:

(퐁타넬에서 태어나, 바티스트라는 이름의 농장 머슴에게 강간을 당한 아모 부인의 일생과 자살의 이야기가 이어져 나왔다.)

이야기하던 이가 말을 끝냈다. [⋯]

나는 이 행렬을 따라갔었던 것을 후회하지 않았다.

단편은 모프리뇌즈(Maufrigneuse)라고 서명되어 있다. 출판사 혹은 작가로 추정되는 이는 가명 뒤에 숨어 버린 것이다. 실제 작가는 (이 가명이 알리바이가 되는) 기 드 모파상이다.

'나'는 누구를 말하는가? 그것은 분명히 모파상은 아니다. 그는 부재로 남고자 하며, 그래서 장례 장면을 보는 것이 즐겁다고 생각하는 것에 대해 사람들은 그를 비난할 수 없을 것이다. 글쓴이는 루뱅이라는 상상적인 도시를 지나가는 허구의 인물이며, 여기에서 실상 이야기를 이끌어 가고 있는 이는 두번째 서술자인 '친절한 옆사람'이다. 그의 이야기는 앞의 이야기에 삽입되어, 비록 둘 다 어쨌든 잠재적인 수신자, 즉 독자(《질 블라스》 구독자들 혹은 후세 사람들)를 향한 것일지라도 이론상으로는 첫번째 서술자에게 하고 있는 것이다.

몇 페이지 안 되는 이 이야기에서 여러 가지의 서술 행위가 드러나며, 이들은 서로 연결되거나 때로는 서로 겹쳐지기도 한다. 어떤 서술 행위들은 작가처럼 구체적이다. 독자 자신은 수취인으로서——적어도 암묵적으로——소통의 계약 속에서, 그가 독서할 때마다 야기되는 (부활되는) 이야기의 동반-발화자이다. 다른 서술 행위는 가공의 작가들이다. 첫번째는 추상적인 수신자를 염두에 두고 쓰고 있는 것으로 보인다. 두번째는 이야기하는 것으로 만족할 뿐이다. 즉 '굉장한 이야기'를 이야기하는 '이야기꾼'이다! 둘 다 주네트의 용어에 따르면 **동질 서술적**(homodiégétique)이다. 이들은 각각 1인칭으로 자신을 표현하면서, 자신들이 이야기하고 있는 허구의 세계에 속한다. 앞의 이야기에 의해 이끌려 나온 두번째 인물의 이야기는 전자에 비해 **메타 서술적**(métadiégéti-que)이다. 《비곗덩어리》에서의 서술 행위(작가 자신은 자신이 묘사하고 있는 행위에 참가하지 않는다)는 **외서술적**(extradiégé-tique)이라고 할 수 있을 것이다. 허구의 인물인 바티스트 부인은, 죽은 이상 첫번째 서술자와 어떤 인접 관계도 가지지 않는 한에서 첫번째 서술자에 대해 **이질 서술적**(hétérodiégétique)이라는 설명은 조금은 암울해 보이기도 한다.[74] 여기에서 우리는 알퐁스 도데가 1인칭으로 자신을 표현하면서, 물론 그가 직접 경험하지 않았던 모험인 교황과 그의 흰 슬리퍼의 이야기를 한 파리의 독자에게 하는 것과 비슷한 문채의 경우를 보게 된다(〈교황의 흰 슬리퍼〉, 《풍차간의 편지》).

---

74) 주네트를 참조할 것, 〈바로크적 이야기에 대해 D'un récit baroque〉 in 《문채 II *Figure II*》, Le Seuil, 1969, 그리고 〈이야기의 담론 *Discours du récit*〉 in 《문채 III *Fugure III*》, Le Seuil, 1972.

초점화의 세 유형

시점의 개념은 언술 행위의 **방식**에 관심을 가진다. 그것은 "누가 보는가? 어떤 관점에 따르는가? 사실과 직접적인 관계에 있는가, 아니면 어떤 거리를 두고자 하는가?"라는 질문과 관련된다. 모든 소설가들은 어떤 부분으로 자신 고유의 개성이 작품의 짜임 속에서 표현될 수 있는지에 대해 생각하며, 어떤 방법으로 발화자의 흔적들(작가의 '난입들')이 언표의 표면에서 드러날 수 있는지에 대해 생각한다. 이처럼 마르그리트 유르스나르는 역사 소설의 범주에 드는 경우에도 1인칭의 이야기 진행을 좋아한다는 것을 인정한다. 이런 방식이 작가의 시점을 제거하기 때문이다. 그렇지만 그것이 애매한 개념이기 때문에 주관성의 열렬한 옹호자들에게 최고의 객관성이라는 교리를 대립시키는 것으로 그치고 만다. 조르주 블랭,[75] 장 푸이용,[76] 츠베탕 토도로프,[77] 제라르 주네트,[78] 자프 린트벨트[79]와 같은 연구자들을 다음과 같은 도표로 요약 분류할 수 있다.

1. 제로 초점화(주네트): '신의 시선'

---

75) 조르주 블랭, 《스탕달과 소설의 제 문제 *Stendhal et les problèmes du roman*》, Corti, 1953.

76) 장 푸이용, 《시간과 소설 *Temps et roman*》, Gallimard, 1954.

77) 츠베탕 토도로프, 《산문의 시학》, Le Seuil, 1971.

78) 제라르 주네트, 《문채 III》, Le Seuil, 1972.

79) 자프 린트벨트, 《서술 유형에 대해 *Essai de typologie narrative*》, Corti, 1981.

뒤에서 보는 관점(푸이용)

화자〉인물(토도로프)

저자의 유형(Type auctoriel)[80](린트벨트)

2. 내적 초점화: 증인인 주체의 의식

……와 함께인 관점

화자=인물

역할 유형(Type actoriel)[81]

3. 외적 초점화: 완전히 객관적인 시선은 누구의 시선도 아니다;

'행동주의' 의 기법

바깥에서의 관점

화자〈인물

중성적인 형

N.B.: 마이크 발은 당연히 주네트식의 용어들이 약간 부적절하다고 보며 비판한다: "두번째 유형에서 초점화된 인물이 **본다**, 세번째 유형에서는 그는 보지 않는다. 그는 **보여진다**. 이 경우 '보는' 행위들이 구분되는 것이 아니라 보여진 대상들이 구분된다."[82]

셋으로 나누어진 이 도표가 완벽한 배열 방식을 보일지라도 실제 적용에 있어서 사물들은 더 유연한 동시에 더 복합적이라는 사실을 잊게 하지는 못할 것이다. 중요 인물이 등장한 후(예를 들어 《제르미날》의 에티엔 랑티에), 그리고 주인공으로 정의된 후 채택된 시점은 대개는 그의 시점이나, 그렇지 못할 경우 각 인물들의

80) 화자=증인으로 사건에 대한 외적 시선을 보냄.〔역주〕

81) 기능 체계의 행동소 유형과는 달리 역할 체계에 속함.〔역주〕

82) 마이크 발, 〈서술과 초점화 Narration et focalisation〉, 《시학》 n. 29, Le Seuil, février 1977, p.113.

시점이 된다. 그러므로 제로의, 전능한 시점에서, 시점의 중심은 작가의 시점이 아니라 이야기를 실행하는 자의 시점이 되며, 소위 '주관적 사실주의' 라는 기법으로 나아간다. 대부분의 19세기 소설들은 이처럼 다양한 초점들을 가진 내적 초점화를 사용한다.

서술 상황

목소리(voix)와 서법(mode)의 결합을 중요시하는, 이상적 표본들이 문학적 결과물로 나타난 '서술적 상황' 이라는 개념을 앞의 시스템에 추가해야 하는가? 우선 여기에서도 이론적 실험이 절대적 위치를 차지하고 있음을 보게 될 것이다. 예를 들어 제라르 주네트는 《새로운 서술 담론》(Le Seuil, 1983)에서 층위 차원들, 서술적 관계들, 초점화의 유형들을 고려하는 세 가지 유형에 대한 새로운 접근을 주저없이 비교하고 있다:

이런 식의 분류는 정당화될까? 여기의 예들은 의미가 있는 것인가, 아니면 박물관학적인 호기심인가? 어떤 경우들은 비어 있다: 이론을 증명할 만한 사실을 찾지 못한 것인가! 카뮈의 소설 같은 경우 제대로 자리잡은 것인가?

이야기의 발화자(뫼르소)는 기법상의 역설을 보여 주는데, 주네트는 가장 오류가 없어 보이는 첫번째를 선택하기 전에 모든 가능성을 탐색한다.

실상 다음과 같은 경우와 관련될 수 있다:

— 1인칭의 외적 초점화

— 중성적 동질 서술적인 서술;

— 거의 전적인 역언법과 함께 생각들의 내적 초점화.

층위 \ 관계	초점화	이질서술적	동질서술적
외서술적	0	《톰 존스》 (필딩)	《질 블라스》 (르사주)
	내 적	《예술가의 초상》 (조이스)	《기아》 (넛 함순)
	외 적	《살인자들》 (헤밍웨이)	《이방인》(?) (카뮈)
내서술적	0	〈무례한 구경꾼〉 (세르반테스의 《돈 키호테》)	
	내 적	〈사랑의 야심가〉 (발자크의 《알베르 사바뤼스》)	《마농 레스코》 (프레보)
	외 적		

이야기를 이런 식으로 표시하는 것은 극단적으로 보일 수 있다: 서사학자는 문학 창작의 통로들을 구획 정비해야 하는 지적과 직원밖에 될 수 없을 것인가? 바로 이런 점에서 주네트가 야기시킨 문제들이 새롭게 제시할 것들에 유의해야 할 것이다. 《이방인》의 주인공이며 서술자인 뫼르소는 "자신이 한 일을 말하고, 자신이 본 것을 쓴다. 그러나 그는 (**자신이 생각하는 어떤 것이 아니라**) **그 어떤 것을 생각할지라도** 말하지 않는다." 의도적인 애매함과 마지막 절들의 신중함은 시학과 비평이 서로 만남을 보여 준다. 사실상 엄격한 서술적 분석은 자의적인 판단들을 피하도록 해준다. 뫼르소가 입 다물고 있으나 의식을 가지고 있는지, 아니면 아예 그런 의식조차 가지고 있지 않은지를 아는 것은 불가능하다. 사르트르의 간결한 형식은 (미국 신사실주의의 계승자인, 부조리한 주인공이 '사물들에게는 투명하고 의미들에는 불투명한 유리'[83]와 비교

될 수 있는) 그 간결함이 장점이긴 하나, 카뮈에 의해 제시된 서술 협약의 독창성을 고려하지 않은 읽기라고 볼 수 있다.

표현의 영역(문학적)과 보는 방식의 영역이라는 두 영역의 얽히고설킴에서 기인하는 서술적 상황은 결코 항구적이거나 결정적으로 설정되는 것이 아니다. '전통적' 소설(《고리오 영감》《몽-트리올》《황금》)은 대체로 내적 초점화와 빠르게 연결되는 외적 서술로 시작된다. '말로 된 서술(récit de paroles)'(쥘 베른의 《바운티호의 반란자들》, 프랑수아 모리아크의 《불결한 녀석》)은 일시적으로 하나의 서술자 혹은 여러 서술자들의 존재를 없앤다; 바로 인물들이 직접 표현된다. 서간체 소설은 여러 송신자들을 개입시켰을 때, 시점들과 서술 행위들을 다양화시킨다; 동시적 이야기(사르트르의 《집행 유예》)나 관련 자료의 형식하에서 다양한 자원들을 가진 정보들의 통합(지드의 《사전꾼들》)과 관련될 때도 마찬가지이다. 파스칼 레네의 《레이스 짜는 여자》, 미셸 투르니에의 《마왕》, 클로드 모리아크의 《시내에서의 저녁》에서 소설가는 다양한 시점과 서술적 심급들을 번갈아 사용한다.

현재 시제로 씌어진 소설들의 경우, 이들이 실제적 서술에 부합하는지, 일종의 방백, 내적 독백에 부합하는지, 시적 몽상이나 철학적 명상과 관련되는지를 결정하는 것은 어려운 일이다. 서술적 상황의 애매함은 《전투 조종사》(생텍쥐페리), 《사막》(르 클레지오), 《장엄 호텔》(마리 르도네)처럼 다양한 텍스트에서 전적으로 나타난다. 그러나 이들이 소설과 관련되는가? 소설이 전제하는 재현의 체계는 소설을 그런 것으로 간주하는 독자들에게나 그것을

---

83) 장 폴 사르트르, 〈《이방인》에 대하여〉, in 《상황 I》, Gallimard, 1947.

더 이상 원하지 않는 이들 저자들에게나 너무나 익숙하지 않은 것이다. 출판사들도 표지 페이지에 아무 언급도 하지 않는 것과 '소설' 이라는 라벨이 어정쩡하게 나타나는 것 사이에서 망설인다.

질투의 효과

많은 누보 로망 소설들은 서술 협약의 애매함을 탐구한다. 로브 그리예의 소설 《질투》라는 제목은 단번에 독자를 애매함으로 이끈다. 실상 이 단어는 다의적이며, 적어도 사전 차원에서 두 가지 의미가 증명된다. 하나는 상상적 삶의 특징을 가지며, 다른 하나는 사물들의 세계에 속한다:

> Jalousie(질투):
>
> I. 불안한 사랑의 욕망들, 사랑하는 이를 절대적으로 소유하고자 하는 욕망, 두려움, 배반에 대한 의심이나 확신으로 인해 태어나는 고통스러운 감정.
>
> II. 자신을 드러내지 않은 채 볼 수 있는 나무나 금속으로 만든 덧문.
>
> 《프티 로베르 사전 1》.

실상 로브 그리예는 독자와 함께 끊임없는 숨바꼭질 놀이를 하는데, 그 놀이의 목적은 서술자의 신분을 폭로하는 것이다. 서술자는 인물로서 부재하지만 전능한 시점을 가진다. 그렇지만 서술자는 행위자이지 허구의 저자는 아니다. 이런 모순 어법을 감히 시도할지라도, 그의 상황은 이질-동질 서술적 혹은 초서술적(trans-diégétique)이며, 서술적 도표들의 날짜 속에 마지막으로 덧붙여야 할 남녀 양성의 다양성이다. 그러므로 '시선파'가 《질투》에서 그러한 명철함에 도달하게 되는 것은 최대한의 객관성이 감춰진 문학 공간의 도움으로, 결국 절대적 주관성과 합류하기 때문이다.

서술의 중심으로 사용된 대명사는 비인칭 '사람들(on)'이다. 이 대명사는 추상적 관찰자의 눈과 일치하며, 브뤼스 모리세트[84]가 말하는 '나-無(je-néant)'와 일치한다. 텍스트의 중심 인물 아니면 주요 인물 A의 최소한의 행동과 제스처에 점차 극도의 관심이 집중되면서, 이런 **시각화**(ocularisation)[85]가 몰래 엿보기를 즐기는 자, 편집증자, 질투에 불타는 자의 행동이란 것을 이해하게 한다. 그녀를 살피고, 그녀에 대해 쓰는 이는 그러므로 그녀의 남편이다. 이런 것이 책의 열쇠이다: 서술자는 은연중에 그려진 제3의 인물인 프랑크(애인으로 추정됨) 주변을 나타낸다. 항상 언표에서 배제된 그는 매순간 언술 행위 속에 현존한다. 바로 그에게서 불안한 그의 생각과 그의 망상적 환각의 결과인 담화, 이야기, 혹은 내적 독백이 나오기 때문이다. '누가 보는가?' 그리고 '누가 말하는가?'라는 질문에 대해 어쩌면 '생각하고 있는 것은 누구인가?'라는 질문을 덧붙이는 것이 타당할지도 모른다.

---

84) 브뤼스 모리세트, 《로브그리예의 소설들 *Les Romans de Robbe-Grillet*》, Minuit, 1963.

85) 이미지와 서술에 관련된 관객, 행동자, 인물들의 다양한 시점들. [역주]

시간성

동사 시제

문법적 차원에서 동사 시제들의 의미는 주로 이야기의 문맥에서 사용된 방식에 달려 있다. 이들의 역할은 분명히 연대기적 진행을 명시하는 것보다 (과거-현재-미래라는 3인조의 의미에서) 시점들의 대립이나 서술적 행위들을 지시하는 것이다. 이처럼 바인리히는 시간적 대비들을 분석하면서 카뮈의 《간부(姦婦)》의 다음 발췌문을 새롭게 조명한다.

> 언제부터인가 작은 파리 한 마리가 창문이 모두 닫힌 자동차 안에서 **날고 있었다**(반과거). 이상한 그 파리는 지친 듯 소리 없이 **이리저리 날아다니고 있었다**(반과거). 자닌은 파리를 시야에서 **놓쳐버렸다가** 남편의 움직이지 않는 손등에 앉은 파리를 **보았다**(단순과거). 추운 **날씨였다**(반과거). 모래 섞인 바람이 유리창에 휘몰아치며 부딪칠 때마다 파리는 **떨었다**(반과거). 빛 속에서 차는 **후진을 했고, 흔들렸고, 간신히 앞으로 나아갔다**(반과거), 자닌은 남편을 바라보았다(단순 과거).
>
> 알베르 카뮈, 《간부》, Gallimard.

하랄트 바인리히는, 시제의 변화가 이 이야기의 시작에서 독자에게 인물들간의 위계를 짐작케 하는 신호들로 작동한다고 말한다. 실상 반과거-단순 과거로 바뀔 때마다 동사의 주어가 바뀐다. 독자는 그러므로 작가가 단순 과거와 함께 결합된 주어에 주역의 자리를 준다는 것을, 그러므로 '간부'[86]로 지칭된 자닌이 바로 주역임을 예상할 수 있다는 것이다.

게다가 이런 구문상의 기호들은 담화/이야기 배분에 영향을 미칠 수 있다. "자닌은 남편을 바라보았다"는 사실상 외적 초점화의 이야기에 속한다. 자유 간접 화법의 문체적 표현에서 빌려 온 반과거, "날씨는 추웠다"는 '경험된 담화' 나 '묘사' 에 해당한다. 반과거는 작가의 발화 행위와 인물의 생각들을 구별해 주는 형태적인 특징들을 무화시킨다: 적어도 동질 서술적인 행동자-증인의 의식이 이야기를 담당하고 있다고 간주하지 않더라도, 이것은 결국 마찬가지이지만 내적 독백은 그 자체 서술화되어 있다.

바인리히의 생각에서 한걸음 더 나아가 이야기 차원에서, 현재 시제의 보편적 사용이 사실주의 대가들의 상투형들에서 벗어나기 위해 노력하는 우리 시대의 소설에서 나타나는 새로운 단계라고 볼 수 있는가? "발자크, 플로베르, 졸라, 그리고 프루스트에 이르기까지 이들은 볼테르가 애용한 단순 과거의 경쾌한 문체와 정반대이다. 18세기 산문이 단순 과거라는 기호 아래 놓여질 수 있다면, 반과거는 19세기의 서술적 산문을 지배한다." 이런 관점에서 20세기에 대해서는 무엇이라 말할 것인가?

더욱 풍부한 시퀀스들을 위해 형태 통사론적 측면들을 포기하는 서술적 접근은 순서, 지속, 빈도의 범주들을 따라가면서 시간성의 표현을 연구하기에 이른다.

---

86) 하랄트 바인리히, 《시간 *Le Temps*》, Le Seuil, 1973.

순 서

연대기적 지표들은 고전문학 소설들에서 풍부하게 나타난다. 가장 능숙한 예는 《여자의 일생》의 도입 부분에서 찾아볼 수 있다: 모파상의 젊은 여주인공 잔이 달력의 날짜 위에 십자표를 할 때, 이야기가 일어나는 날에 대해 독자는 우연히 알게 된다: "그녀는 한 달씩 나누어진 작은 판지를 벽에서 떼어내었다. 그 그림 가운데에는 금빛으로 1819라고 씌어져 있었다. 그 다음 연필로 성인의 이름들을 그어 나가면서 그녀가 수도원 기숙사에서 나온 5월 2일까지 첫번째 4줄을 지웠다."

졸라도 플로베르만큼 분명하게 표현한다: "그 남자는 2시경 마르시엔에서 출발했었다." 그는 더욱 직접적이기도 하다: "방의 뻐꾸기시계가 4시를 알렸다."(《제르미날》) 이와는 반대로 미셸 뷔토르의 《시간표》의 독자에게는 그에 의해 상상된 시간상의 퍼즐을 재구성하려면 많은 희생과 끈기가 필요하다. 각각의 부제는 관련된 기간을 말해 준다. 예를 들어 **9월, 7월, 3월**(SEPTEMBRE, juillet, mars)은 서술자 자신이 3월에 일어난 사건에 대해 7월 3일에 기록해 놓은 것을 9월 4일에 다시 읽는다는 것을 의미한다!

과장된 날짜 기입 의식은 《단장(斷腸)》에서 풍자적으로 묘사된다. 보리스 비앙은 여기에서 여러 장들을 시작할 때, 분명히 시간성을 명시하나 그것은 존재하지 않은 허구적인 시간성이다: '73 févruin' '98 avroût' 등.

화자의 서술은 보통 **나중에** 주어진다: 화자가 말하는 시점은 사건이 전개된 이후에 온다(19세기에서는 주로 10년과 20년 사이이며, 그러므로 한 세대의 공간이다). 이것이 차후 서술 방식(narration ultérieure)이다. 그러나 이런 이야기 방식은 **동시적**일 수 있거나(일기나 대부분의 현대 소설의 경우), 《잃어버린 시간을 찾아서》에서처럼 과거의 다양한 순간들이 맞물릴 때처럼 **삽입**될 수 있다.

서술이 **이전에** 나올 수 있는 경우(narration antérieure)는 바로 기대의 경우이다. 예를 들어 《변모》에서 레옹 델몽은 기차 여행 내내 로마에서 자신의 연인 세실과 앞으로 만나게 될 것에 대해 생각한다(〈시제의 관계〉 참조).

수사학적 전통에서 유래한 용어학은 우리들에게 유익하게 쓰일 것이며, 이야기들의 맞물림을 명백하게 보여 주는 데 도움이 될 것이다. **후술법**(analepse)은 뒤로 돌아감을 지칭하는 데 쓰일 것이며; **선술법**(prolepse)은 예측을 지칭하는 데 쓰일 것이다. 기억들의 중첩은 앞서 인용된 《잃어버린 시간을 찾아서》의 재료가 된다. 운명의 예고는 소설의 제목에서부터 형성될 수 있거나, 전조들을 통해 함축적으로 읽힐 수 있다: 《적과 흑》 시작부에서 쥘리앵 소렐에게 설정된 지표들은 낭만적인 숙명성을 빌려 온 것뿐만 아니라 고대 신탁의 결정적인 힘을 가지기도 한다.

지속(durée)[87)]

물론 제라르 주네트와 함께 "생략법(제로 분절체의 서술(segmentnul de récit)이 이야기된 사건(histoire)의 시간 길이와 일치)의 속도인 무한한 속도에서부터, 묘사(서술적 담화의 어떤 분절체가 제로 서술의 시간 길이와 일치)라는 휴지의 속도인 이런 절대적인 느림에 이르기까지 연속된 단계가 있다"는 것을 생각할 수 있다(《문

87) 시간의 길이. [역주]

채 III》). 그럼에도 불구하고 편리상 다음과 같은 이론 체계를 받아들일 것이다. 이 체계 안에서 TH는 이야기된 사건(histoire; 이야기된 현실이나 허구)의 시간을, TR은 서술(récit; 이야기하는 행위)의 시간을 칭한다.

• TR=TH

장면은 보통 대화체로 되어 있다. 주로 모방적인 장면은 서술의 시간과 '실제의' 지속 기간 사이에 일종의 방정식이 있다. 예를 들어 《운명론자 자크》에서 대화로 된 장면들. 이야기의 연극화는 현대에 와서 보편화된, 시점들의 내면화와 부합하는 '무대적 현재(présent scénique)'의 사용과 유익하게 대립될 것이다. 이런 현대 작품들인 《유령 도시의 지형》(로브 그리예), 《공원》(필립 솔레르스), 《바보 모하, 현자 모하》(타르 벤 젤룬[88]) 등은 무엇보다 소설적인 시가 아닐까?

• TR〈TH

개요, 또는 요약. 화자의 시점은 여기에 강하게 내포되어 있다. 예: 《감정 교육》의 끝에서 두번째 장:

그는 여행을 했다.

그는 대형 여객선들의 우울을, 텐트에서 추위로 깨는 것을, 풍경들과 폐허들이 주는 망연자실함, 더 이상 공감을 느끼지 못하는 데

88) 타르 벤 젤룬(1944-). 모로코 출신의 시인이자 소설가로서 《르 몽드》지 기고자. 자전적 소설을 많이 발표하였으며 《성스러운 밤 *La nuit sacrée*》으로 1987년 공쿠르 문학상을 받음. 〔역주〕

서 오는 쓰라림을 알게 되었다.

그는 돌아왔다.

그는 사교계에 드나들었다. 그리고 그는 다시 다른 사랑을 했다. 그러나 첫사랑에 대한 기억이 계속되면서 그런 사랑들에게서 아무런 느낌도 가지지 못했다; 그리고 나서 욕망의 격렬함, 감각의 정수조차도 잃게 되었다. 정신에 대한 그의 야심도 역시 사라져 버렸다. 몇 년이 흘렀다. 그리고 그는 자신의 지성을 위한 아무런 의욕도 없이 무력해진 마음으로 살아가고 있었다.

귀스타브 플로베르, 《감정 교육》.

전혀 특별한 것이 없는 이 단락에서, 서술의 속도가 실제 지속기간과 반비례되는 법칙을 끌어낼 수 있는 것 같다(TR= 1/TH로 보아도 좋을 것이다).

• TR=n, TH=0

주로 묘사와 관련된 휴지. 예: 《벨 아미》에서(II, I) 이야기는 전망이 좋기로 이름난 근교의 한 산에서 바라본 루앙을 묘사하기 위해 오랫동안 멈춘다. 독자는 읽기를 멈추며(또는 이 페이지를 건너뛴다), 동시에 여행자들은 앞으로 갈 길을 멈춘다. 모파상은 산 안토니오와의 역설적인 거리두기를 예상케 하는 빈정거림을 보여주면서 휴지의 끝(텍스트와 여행의 차원에서)을 서술한다:

마차의 마부는 여행객들의 경탄이 끝나기를 기다리고 있었다. 그는 경험상 모든 종족의 산보객들이 언제 감탄의 시간을 끝내는지를 알고 있었다.

기 드 모파상, 《벨 아미》.

• TR=0, TH=n

생략은 앞의 예와 반대되는 이야기 방식이다. 예:

> (세 명의 여공들은 조금 전에 그녀들의 애인들과 헤어졌다.) 그리고 그녀들은 웃음을 터뜨렸다. 팡틴도 다른 이들처럼 웃었다. 한 시간 후, 자신의 방으로 돌아왔을 때 그녀는 울었다. 분명히 말하건대, 그것은 그녀의 첫사랑이었다; 그녀는 이 톨리메스를 남편처럼 여기며 자신을 주었다. 그리고 이 가련한 소녀는 임신중이었다.
>
> 빅토르 위고, 《레 미제라블》 〈1817년에〉.

감정 표현이나 팡틴의 반응 같은 것은 없다; "그녀는 울었다"는 곡언법처럼 기능한다: 그녀의 고통을 표현하기에는 너무나 큰 고통이라 그 장면이 생략된 것이다. 게다가 팡틴의 상태에 대한 이런 몰락의 효과(여기가 바로 III부의 끝이다)는 '생략법'에서 단연 (멜로) 드라마적 가치를 끌어낸다.

빈 도

서술(récit)의 리듬(다소간 느린, 다소간 빠른)은 단순화를 고려하면서 다시 세 용어로 나누어질 수 있다.

• **일회적** 서술(récit singulatif). 한 번 일어났던 것을 한 번 이야기한다(혹은 마찬가지로 n번 일어난 것을 n번 이야기한다). 예를 들어 《캉디드》에서: "그들의 입술이 맞닿았고, 두 눈은 불타올랐고, 무릎은 후들거렸으며, 두 손은 서로를 더듬었다."

• **복수 단일적** 서술(récit répétitif). 단 한번 일어난 것이 n번 말해진다: 《히로시마 내 사랑》에서의 핵폭탄의 폭발. 강박성은 서

정적 서창부의 형태를 취할 때도 있으며, 지속적인 주제를 중심으로 다양한 변이형들을 나타나게 하는 '잠재적 시퀀스(séquence potentielle)' 의 형태를 취한다

• **복수 다회적** 서술(récit itératif). n번 일어난 것이 한 번 이야기되어진다. 이런 서술적 양식은 개요와 가깝다. 사용된 시제는 반과거이다. 예: "그는 그에게 말하기를, 내가 [...] 할 수 있는 것이 가능한가." 이런 식의 대화는 느무르 씨에 의해 자주 나타나는 담화의 형태이다. 《클레브 공작 부인》의 이 문장에서 제시된 것은 내용의 통합이다.

III
전망과 탐색

1. 문학 이론의 한계

소설에 관한 '입문'을 제시하면서 20세기 동안 발전되어 왔고, 때로는 근본적으로 문학 연구의 새로운 발전을 가능케 해주었던 접근들과 방법들의 다양성을 보여 주고자 했다.

언어학, 구조주의, 그리고 시학에 의해 이론적 장들은 무수히 열리게 된다. 이런 규율들은 다양해진 결과들을 얻고 있으며, 물론 이들과 충분한 거리를 두고 판단할 수 있기에는 너무나 최근에 속하기도 한다: 탐구는 지속되고 있으며, 이 탐구로 인한 논란들은 관심과 문제들을 동시에 야기시킨다.

역설적으로, 방법론상에서 놀랄 만한 파생들이 나타날 수 있었던 것은 바로 문학 행위들에 대한 가장 엄정한 분석을 통해서이다. 전통적 비평가에게는, 리카르두에 의해 지지된, 그리고 다양한 탐구의 형태(잘못 표현된 글(cacoscriptures, épithèse, congruation), 하이퍼자동재현(hyperautoreprésentation))하에서 변화되는 Thune(씌어진 것의 통합론)를 웃음거리로 만드는 것은 어려운 일이 아니다. 통제할 수 없는 신조어의 범람은 당연히 텍스틱(Textique)[1]의 판독력(원문대로)에 혼란을 가져올 수 있다. 그러나 몇몇 사람들이 풍자하는 이런 식의 과도함까지 가지 않더라도 수많은 연구자들은 분류에 대한 집착, 새로운 지적 매너리즘의 출현이 아닐까 의심하게 만드는, 수없이 나타나는 박학한 단어들과 부질없어 보이는 구분들에 짓눌릴 수 있었다.

러시아 형식주의자들, 영·미의 '뉴 크리티시즘,' 프랑스의 이론가들에게 다소간 영향을 주었던 체코의 구조주의는 기표에 대한 너무나 세세한 검토 취향을 발전시켰으며 직관론적인 담론들로 지배된, 이상주의적 전제나 정신주의적 가정들로 점철된 문학 연구들의 혼란 속에 유익한 체계를 세웠다. 그러므로 음성학적·도형적·텍스트적 차원의 문학적인 물질성에 대한 호기심이 증가되는 건강한 반응이라고 할 수 있다. 그러나 모든 다른 예술 형태와 같은 차원에서, 소설이 기계적 생산의 순수한 생산품으로 귀착될 수 없으리라는 것을 잊는다면 문제가 될 것이다: 문학 이론의 최고도의 기술성은 소설 창작의 형태적 측면들만을 이해할 수 있다. 따라서 당연히 점점 추상화되어 가며, 점점 더 분명히 문학적 현실에 대해서 멀어져 가는 서사학과 언술 행위의 유연함, 시점들의 다양성, 소설 또는 소설들의 미학적 다양성을 파악하는 데 더욱 적합해 보이는 시학과를 구분해야 한다.

2. 서술(récit)의 시학을 위한 새로운 길들

밖에는 비가 오고 있다…… 밖의 날씨는 춥다…… 밖의 날씨는

1) 많은 이론을 통해 텍스트의 개념이 발전되면서 텍스틱의 개념이 나타남. [역주]

화창하다.

알랭 로브 그리예, 《미로에서》, Minuit.

처음에는 여러 가지 담배 종류에 대한 이야기가 오갔다. 그 다음 아주 자연스럽게 여자 이야기로 옮아갔다. 붉은 장화를 신은 남자가 청년에게 조언했다; 그는 자신의 이론을 전개하면서 일화들을 이야기했고, 자신의 경우를 들려주었다. 이 모든 이야기를 아버지 같은 어조로, 그리고 분위기를 띄우기 위해 솔직하게 이야기했다.

그는 공화당원이며, 여행을 했었다. 그는 극장들 내부, 레스토랑들, 신문들, 유명한 모든 기사들을 잘 알고 있었으며, 이들을 친숙하게 고유 명사로 불렀다; 프레데릭은 그에게 곧 자신의 계획을 말했고, 그는 그 계획들에 대해 격려해 주었다.

귀스타브 플로베르, 《감정 교육》.

결국은 그 유명한 밤에 참여하기 전에 나는 오랫동안 뒤에서 배회하려고 한다.

지금 우리들의 관심을 끌게 될 그 부인은 분명히 특별했었다. 나는 그녀를 이해시키려고 할 것이다.

폴란드의 풍차는 우리 마을에서 서쪽 길로 1킬로미터 떨어진 유흥지이다. 사실상 벨르뷔를 걸어가다 보면 그곳 바로 위에 있게 된다. 원한다면 성의 지붕 위에 침을 뱉을 수도 있을 것이다.

왜 폴란드의 풍차라는 이름인가? 아무도 그 이유를 모른다. 어떤 이들은 로마로 가던 한 폴란드 순례자가 예전에 바로 이곳 이 산장에 거처를 정했다고들 한다.

제국이 몰락하자 곧 코스트라는 사람이 땅을 샀고, 주인집과 지금도 보이는 부속 건물들을 짓게 했다.

장 지오노, 《폴란드의 풍차》, Gallimard.

로브 그리예의 세계(첫번째 인용문)는 독자에게는 정말 미로이다. 인용된 구들의 의미는 서로서로를 상쇄시키며, 결정 불능의 상태에 놓인다. 표현 방식은, 언어 차원에서는 가능할지라도 지시 차원에서는 논리적이지 못하다: 읽기는 해체적일 수밖에 없다. 이런 표현 방식은 이론적으로 자리잡은 모든 유형적 시도에 도전한다(그것은 이야기, 묘사, 혹은 담화와 관련된 언표들에 관한 것인가?) 그리고 문법적 구조와 수사학적 구조 사이에, 본래의 의미와 비유적 의미 사이에 간격을 벌려 놓는다. 누보 로망에 의해 폭넓게 탐구되어 온 명백한 표현 방식에 대한 이런 식의 언어적 저항은 기표 분석을 계속 혼란스럽게 만들며, 문학 이론에 관한 한 피할 수 없는 논리적 난점을 드러낸다: 텍스트에 의미의 효과를 주는 과정은 소위 **텍스트에서** 말해진 것을 넘어선다.

그렇다고 사실주의 소설로 간주되는 《감정 교육》의 두번째 인용문이 이들만큼이나 애매하지 않다는 것은 아니다. 아르누 씨의 '붉은 장화,' 그의 공화주의(1840년의), 그의 박학한 지식은 어떻게 설명해야 하는가? 누가 말하고 있는가? 그의 의도는 무엇인가? 프레데릭이 자신의 정신적 아버지에게서 느끼는 환상을 플로베르는 공유하는가? 플로베르는 젊은 학사의 순진함을 통해, 우스꽝스러운 한 인물의 허풍으로 마음의 혼란해진 프레데릭 자신의 미소를 통해 독자에게 **산업 예술**의 소유주를 숭배하도록 부추기고 있는가? 눈앞의 문맥은 만족할 만한 대답을 제공하지 않는다. 우리들은 화용론의 표본들의 도움을 받아 어떤 것을 밝혀낼 수 있기를 바랄지도 모른다. 실상 발화 차원의 행위들은 여기 분명하게 알아볼 수 있으며, 야콥슨의 용어로 말하자면 지시 기능들과 능동 기능들을 식별할 수 있다. 여러 가지 동위성들이 서로 겹쳐지거나 서로 모순된다. **패러디**인지 혹은 현실(어떤 현실인가?)에 대한 진지한 묘사인지를 아는 것은 불가능하다. 문체 분석은 플로베르 서체의 파악하기 힘든 특성을 드러내 준다. 피에르 기로는 이렇게 설명한다: "말은 인물의 자만과 화자의 모순을 동시에 표현하고 있다(감정적 차원에서). 이처럼 자유 간접 화법은 작가의 주관적인 시선 아래에 인물들을 놓으면서도 이들의 의미나 기능을 객관적으로 만든다."[2] 시점들의 작용은 동질 서술적이나 외서술적이라고도 하는, 변형 모방적(allomimétique) 체계와 자동 모방적(automimétique) 체계 간의 이항적 대립의 도움을 받아 분석될 수 있다……. 이런 미묘한 구분들의 정당성은 명백하다: 이런 구분들은 이야기에 담긴 메시지의 풍요로움을 밝혀내나 이 메시지의 풍부한 다가치성을 결코 다 찾아내지는 못할 것이다. 세번째 인용문에 린트벨트[3]에 의해 발전된 학술적인 유형학을 적용시켜 볼 수 있을 것이다. 연속적으로 포개진 '사각형들'은 이야기를 위한 협약의 다양한 행위들간의 위계질서에 완벽하게 적용된다:

N. B.

실제 작가: 장 지오노(마노스크, 1895–ibid. 1970).

추상적 작가: 지오노의 작품들을 기점으로 지오노적인 것에 대

---

2) 피에르 기로, 《문체학에 대하여 *Essai de stylistique*》, Klincksieck, 1963, p.76.

3) 자프 린트벨트, 《서술 유형에 대해》, Corti, 1981(p.32에 따르면).

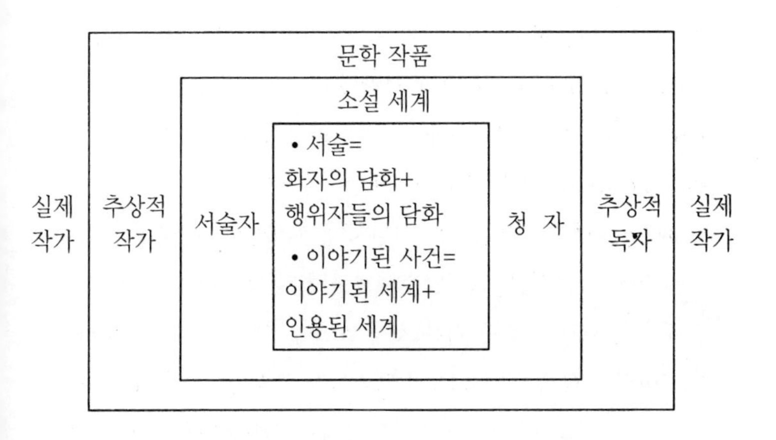

한 관념.

화자: '나,' 책 마지막에 드러나게 됨.

이야기된 세계: (허구적) 줄거리.

인용된 세계: 폴란드의 풍차(게다가 이것의 실제 존재는 입증된다).

청자: '우리' (누구?).

추상적 독자: 지오노 작품들을 늘 대하는 대중.

실제 독자: 불확실.

여기서도 이론은 작가의 비밀(인물이 원하는 것!)도, 작품의 비밀도 보여 줄 수 없는 논리적 구성에 대한 욕구와 일치하는 것 같다. 어떤 것이 이야기(동질 서술적이기보다는 서술 내적인)의 수수께끼인가? 제목은 어디에서 그 비밀스러움이 나오는가? 프랑스인 독자(추상적)에게는, 특히 허구적인 시골풍에다 그리스 신화들을 표방한 어떤 상상적인 프로방스의 범주 내에서 폴란드라는 지시는 상당히 거칠다. 게다가 (파리식의 실존주의가 승리를 구가하던 시대에) '풍차' 라는 공시적 패러다임은 어떤 무지를 보여 주는가, 아니면 단순히 낭만적 계통임을 드러내고 있는가?

바흐친과 함께 대화주의의 시각에서 보게 된 **상호텍스트성**의 문제점, 줄리아 크리스테바와 함께 파라그람 기호학(sémiologie paragrammatique)[4]의 문제점, 또는 리파테르와 함께 신화성(mythologènes)의 문제점들은 어디서나 존재한다: 허구이든 담화이든 간에 소설 텍스트는 단순하게 진술된 것보다 언제나 더 많은 것을 말하거나, 혹은 다른 것을 말한다. 그러나 이미 존재하고 있는 어떤 문화적 현실을 소설 텍스트가 설명한다면 그것은 또한──그리고 동시에──자신이 언급하는 실제 세계와 관련되며, 연출하고, 묘사하고, 존재하게 하고, 혹은 무화시킨다.

3. 이론에서 실제 분석으로

다음 《목로주점》의 발췌문(제르베즈와 쿠포와의 결혼식 하객들은 마디니에의 지휘 아래 루브르 박물관을 방문한다-3장)을 연구하는 것은 어떨까. 방법론적인 열린 길들은 이 작품의 장들에서 졸라 소설의 중요한 특징들을 어떻게 분석해 낼까?

마디니에 씨는 정중하게 일행의 선두에 서게 해달라고 요구했다.

그곳은 아주 넓은 곳이었고, 길을 잃을 수도 있었다; 게다가 그는 판지 제조 업소의 상자에 붙일 그림들을 그려 주는 아주 똑똑한 젊은 예술가와 자주 와 보았기 때문에 멋진 장소들을 잘 알고 있었

4) 파라그람: 철자나 발음의 오류. 〔역주〕

다. 아래에서 결혼식 하객들이 아시리아관에 들어갔을 때, 이들은 오한을 느꼈다. 어떻게 된 셈인가. 따뜻하지 않았다; 그 방은 아주 잘 만들어진 지하 저장고 같았다. 그리고 이들은 쌍쌍이 턱을 쳐들고 눈을 깜박거리며 천천히 석조 기둥들 사이로, 근엄하고도 꼿꼿하게 서 있는 검은 대리석의 말없는 신들 사이로, 죽은 이들의 얼굴로, 얄팍한 코, 터질 듯한 입술을 한 반은 고양이고 반은 여자인 괴물 같은 짐승들 사이로 나아갔다. 그들은 이 모든 것이 아주 저속해 보였다. 요즈음은 돌로 상당히 더 잘 만들어 내었다. 페니키아 글자로 된 비문이 그들을 깜짝 놀라게 했다. 말도 안 되었다. 누구도 이 이해할 수 없는 글을 결코 읽을 수 없었다. 그러나 벌써 로리에 부인과 함께 첫째 층계를 밟고 있었던 마디니에 씨는 그들을 불렀고, 둥근 천장 아래에서 그들에게 소리쳤다:

"이리들 오시오. 그것은 아무것도 아니라오. 그런 것들은…… 1층에 정말로 보아야 할 것이 있다오."

아무 장식 없는 엄숙한 분위기의 층계는 이들을 근엄하게 만들었다. 붉은 조끼에 금줄이 들어간 제복을 멋지게 차려입은 수위는 마치 그들을 층계참에서 기다리고 있었던 것처럼 보였는데, 이런 것이 그들의 기분을 고조시켰다. 그들이 프랑스 전시관으로 들어갈 때는, 가능한 가장 조용히 걸으면서 존경심을 드러내었다.

그리고 이들은 멈추지 않고, 온통 황금빛인 그림틀에 눈이 휘둥그레진 채 제대로 보기에는 너무나 많은 그림들을 스쳐지나가면서, 계속 이어지는 작은 방들을 따라갔다. 이해하려 했다면, 그림마다 한 시간은 필요했을 것이다. 얼마나 그림이 많은지, 제기랄! 끝없이 이어지고 있었다. 그리고 화랑 끝에서, 마디니에 씨는 이들을 갑자기 《메두사의 뗏목》 앞에서 멈추게 했다; 그는 그들에게 그림의 주제를 설명했다. 모두 감동받은 듯 움직이지도 않고 말이 없었다. 그들이 다시 걷기 시작했을 때, 보슈는 전체의 느낌을 정리했다: 몹시 더웠구먼.

아폴로관에서, 특히 마룻바닥에 이들 일행은 감동되었다. 반짝거리는 마룻바닥은 마치 거울처럼 깨끗해서 소파의 다리까지 비쳤다. 르망주 양은 물 위를 걷는 기분이 들었기 때문에 두 눈을 감아버렸다. 사람들은 고드롱 부인에게 그녀의 임신 때문에 신발을 꼭 바닥에 붙여 걸으라고 소리쳤다. 마디니에 씨는 그들에게 천장의 금박과 그림들을 보여 주고자 했다; 그러자니 목이 부러질 것 같았고, 게다가 그들은 아무것도 똑똑히 보이지 않았다. 그 다음 네모난 방으로 들어가기 전에 그는 다음과 같이 말하면서 손으로 창문을 가리켰다:

"바로 저 발코니가 샤를 10세가 사람들에게 총을 쏘았던 곳이랍니다."

그렇지만 그는 행렬의 꼬리를 살펴보았다. 그는 네모난 방 가운데서 정지하라는 손짓을 했다. 여기에는 걸작들만 있었다. 그는 교회에 들어온 것처럼 작은 목소리로 중얼거렸다. 사람들은 방을 한 바퀴 돌았다. 제르베즈는 《가나의 혼인》의 주제에 대해 물었다; 틀에다 주제들을 써놓지 않은 것은 잘못된 일이었다. 쿠포는 모나리자 앞에 멈췄다. 그는 그녀가 자신의 숙모 중 한 사람과 닮았다고 생각했다. 보슈와 비비-라-그리야드는 나부의 여인들을 눈짓하면서 낄낄거렸다; 안티오페의 엉덩이는 특히 그들에게 강한 충격을 주었다. 그리고 맨 끝에서 고드롱 부부는 멍하니, 남자는 입을 벌리고, 여자는 배에다 두 손을 얹은 채 감동에 벅차고 놀라서 무리요의 성모 마리아 앞에 서 있었다.

방을 다 돌아보자, 마디니에 씨는 사람들이 다시 보기를 원했다; 그럴 만한 가치가 있었다. 그는 특히 비단옷 때문에, 로리예 부인에게 관심을 쏟았다. 그리고 그녀가 그의 말을 가로막을 때마다 그는 진지하게, 아주 심각하게 대답했다. 그녀가 자신의 노란 머리와 닮은 티치아노의 정부에 관심을 가졌기 때문에, 그는 그녀가 앙리 4세의 연인인 미녀 페로니에라고, 그리고 그녀를 소재로 앙비귀 극장에서 상연했었다고 설명해 주었다.

그리고 나서 결혼식 하객들은 이탈리아파와 플랑드르파가 전시되어 있는 회랑으로 들어갔다. 여전히, 그리고 계속 그림들뿐이었으며, 성인들, 이해할 수 없는 남자와 여자들의 얼굴들이었다. 아주 어두운 풍경들, 노랗게 변한 동물들, 사람들과 물건들이 정신없이 수많은 색채들로 얽혀 있어 사람들은 심한 두통이 생기기 시작했다. 마디니에 씨는 더 이상 말하지 않았고, 모두 목을 뒤로 꼬고 눈은 하늘을 향한 채 그를 차례로 따라가는 행렬을 천천히 이끌고 갔다. 몇 세기에 걸친 예술들이 어리둥절한 그들의 무지 앞을 지나가고 있었다. 원초주의 화가들의 섬세한 무미건조함, 베네치아파의 화려함, 네덜란드파의 빛의 아름답고 풍요로운 삶이 그들 앞을 지나가고 있었다. 그러나 가장 그들의 흥미를 끈 것은 여전히 사람들 틈에 앉아서 화가를 펼쳐 놓고 태연히 그리고 있는 모사화가들이었다; 커다란 사다리에 올라가 부드러운 하늘빛의 커다란 화폭 위에 도료를 묻힌 붓을 휘두르고 있는 한 나이 든 부인을 보고 그들은 특히 놀랐다. 그렇지만 조금씩 결혼식 하객들이 루브르를 방문하고 있다는 소문이 퍼져 나갔음이 분명했다; 화가들이 웃음을 머금고 달려왔다; 호기심어린 이들이 그 행렬을 편하게 보려고 긴 의자에 먼저 앉아 있었다. 반면에 수위들은 입을 삐죽 내밀고 농담

이 나오려는 것을 참고 있었다. 결혼식 하객들은 이미 지쳐 버려 자신들의 품위를 잃어버리고 징 박힌 구두를 끌며 지리멸렬한 한 때의 가축떼들처럼 아무 장식도 없는 깨끗하고 경건한 홀들 가운데를 투덕거리며 가고 있었다.

에밀 졸라, 《목로주점》.

소설/서사시

현대 세계의 야만인들인 졸라의 결혼 하객들은 자신들에게는 낯선 문화와 마주한 채 성상 파괴적인 행동에 놓여진 반달족처럼 보이고 있다. 그들에게 예술이란 국민적 감정의 유대가 아니라 배제된 계급의 표현일 뿐이다. 예술이 구현하는 가치들은 이해되지 못하며, 가장 천박한 농담의 형식 위에서 조롱당하고 전락되어진다: 유산은 모독되어진다. **신화의 속화**는 특히 《가나의 혼인》에 대한 시각적인 표현을 통해 인지될 수 있다. 성서의 신화는 카니발의 모습을 보이는 저속한 향연의 사실주의적 방식으로 처리된다.

걸어가고 있는 서민의 서사시는 그러므로 완전히 퇴행중인 미개한 군중에 대한 풍자가 된다. 그러나 부르주아적인 진지함도 아이러니 속에 놓여진다: 작가는 중간 사회층들에 속하는 다양한 인물들에게 말할 기회를 준다. 다양한 목소리들이 들려진다. '어리둥절한 무지'는 '장식 없고 정결한 홀들'과 소통한다. 소설과 소설의 이론들을 참조할 것(I. 1.).

초텍스트성(transtextualité)

이 발췌문이 짧을지라도 적어도 여기에서 다음과 같은 초텍스트성의 현상들을 찾아볼 수 있을 것이다.

상호텍스트성(intertextualité): 가나의 혼인, 모파상의 《여자의 일생》에서 다시 보게 될 야유(가나를 가나슈로 바꿈); 용빌에서 행해진 엠마 보바리의 결혼식은 플로베르가 선보인 전사된 주제이다. **메타텍스트성**(métatextualité): 성상학에 대한 설명. **하이퍼텍스트성**(hypertextualité): 플랑드르파 회화들에서 보이는, 서민의 수호성인 축제의 주제가 전체 통과의 격자 구조로서 작용한다; 제라르 장장브르는 《목로주점》 주해서에서 자크 뒤부아에 이어 루브르의 방문은 차양을 내린 마차를 타고 루앙을 지나가는 보바리 부인의 혼잡스런 행보(《보바리 부인》, III, 1)에 대한 다시 쓰기일 수 있다는 점을 주목한다. 현대적 개념과 도구들 참조(1. 2.).

특수 장르로서의 소설

고대에서 물려받은 형식에 의하면 **혼합 장르**이다. 사건들의 이야기('천천히, 쌍쌍이 앞으로 나아갔다' '그러자 멈추지 않고' '홀을 다 돌고 나자' '결혼식 하객들은 나아갔다'……)와 직접적 모방(mimèse)(인물들의 담화들)이 서로 교차된다.

완성과 서술적 언표들. 루브르 방문은 허구적이다: 그것은 '만들어진 이야기'로 독자의 교육 혹은 즐거움을 위해 씌어진 이야기이다. 이런 원장르(archigenre)에 사회적 연대기, 풍속 소설, 자연주의, 민중주의 등과 같은 주제들의 정의가 덧붙여질 수 있다.

언어 영역의 연구는 작가의 언어(예술적 서체의 범위에서)와 인물들의 개인어('제기랄(sacredié)' '무척 더웠구먼(c'était tapés)' 등)와의 차이를 보여 준다. 그렇지만 말로 된 이야기는 많지 않다: 자유 간접 화법이 지배적이며, 대화는 이야기처럼 서술되어 있다.

장르의 개념들. 졸라는 자신의 선임자들이 구축한 사실주의적 담화에 대한 인식을 존중한다. 텍스트는 서술적이다; 묘사는 인물-증인의 시선을 따른다. 이들의 이동을 따라가면서 글쓰기가 이루어지며, 가장 정통적인 공간적 구조 방식을 존중한다: '아래에서' '층계' '마루' '천장의 회화들.'

토포스는 사실주의적이다; 그래도 다의적이다. 졸라는 어떤 의미를 여기에 부여하였는가? 그의 동시대인들에게는 어떻게 읽혀졌는가? 그것에 대해 20세기 독자는 어떤 해석을 하게 될 것인가? 현대 포켓판 문고들이 싣고 있는 삽화들이——때로는 모순적인——그 점을 증명하고 있듯이, 책의 의미는 일부 책 자체를 벗어날 정도로 작품은 충분히 **열려 있다**. 역사적 맥락들이나 이념적 풍조들을 따르는 책(과 저자)은 같은 방식으로 수용되지 않는다.

독백과 대화주의. 《목로주점》은 "알코올 중독은 인간을 짐승으로 만들며, 아이를 희생자로, 부인은 순교자로 만든다"와 같은 전제를 확대한 것인가? 물론 그렇지만 이런 교훈은 어떤 플롯을 요약한다고 할 수 없을 것이며, 오히려 다양하며 애매하고 쉽게 결정을 내릴 수 없는 플롯은 다른 곳에 관심을 둘 수 있다. 요컨대 위의 인용된 페이지에서부터 졸라의 정치적 참여나 그의 이야기의 기초가 되는 철학적 논제를 추론하게 해줄 것은 전혀 없다는 것이다. 장르에 대한 접근을 참조할 것(2. 1).

소설적 언어

파라텍스트(paratexte; 문턱, 부제, 헌정문, 서문, 총서, 등)[5]는 현재의 발췌문에서 볼 수 없다. 그렇지만 이 발췌문이 《루공-마카르 총서——제2제정하의 한 가족의 자연사와 사회사》에 속하는,

1877년에 나타난 《목로주점》에서 빌려 온 것임을 알고 있으며, 그러므로 그것이 자연주의자로, 실증주의적 방법들과 실험의학에 몰두한 작가로 알려진 에밀 졸라의 텍스트와 관련된다는 것을 알고 있다.

이야기하기(narration). 가상의 이야기된 사건(histoire)에서 서술(récit)로 어떻게 가게 되는가? 서술적이고 모방적인 체제들은 어떻게 나누어지는가? 인물들과 상황들이 허구일지라도 사실의 효과들은 특히 무수하다는 것을 알게 될 것이다. 현실로의 안착은 시간적-공간적 범주의 묘사를 통해 이루어진다.

묘사. 형태의 차원에서 묘사는 '주관적 사실주의'의 규율에 따른다: 단순 과거/반과거의 교체는 관찰자에서 보여진 사실로의 이행을 동반한다. 묘사의 기능은 무수하다: 독자에게 알리는 것, 인물들의 심리를 표현하는 것, 형상적 환상에 신뢰를 줄 수 있고 사실임직함의 느낌을 증가시킬 수 있는 전형들과 상투어들의 집합 속에 소설을 등재하는 것.

인물. 이야기되고 있는 순간에 인물들은 더 이상 그들의 초상이 아니라 그들의 이름, 그들의 특징 부여(행동, 태도, 제스처)와 그들의 말로 정의된다. 소설적 발화의 유형학에 대하여(II. 2) 참조할 것.

---

5) 소설의 제목 또는 새로운 장을 시작하기 전 다른 문학 작품의 한 부분을 오른쪽 위 여백에 작은 활자로 인용해 놓은 제사(題詞), 주(註), 삽화, 또는 작가의 '일러두기,' 이런 모든 것들이 파라텍스트이다. 주텍스트를 보완하는 부차적 텍스트. [역주]

복수적인 읽기

군주제적인 권력의 근거지가 된 요새 고성, 그 다음 왕궁, 끝으로 문화의 사원인 고궁 주변을 돌아다니는 다양한 주동 인물(protagoniste)[6]들의 태도는 **사회학적** 유형의 비평에 적합한 것 같다: 중하층과 하층 계급은 어떻게 상징적인 상부 구조들을 파악하는가? 사회 계층간의 적대감은 어떻게 '예술에 대한 사랑' 에서까지도 반영되는 것인가?

이런 상상적인 재현은, 이런저런 그림에 대한 관심을 정당화하는 개인적인 동기 부여의 시나리오라는 덜 의식적인 다른 시나리오를 배제하지 않는다. 성적인 암시들은 명백하나 동일시 현상과 투사 현상들은 심층적인 **정신 분석적 비평**을 촉구한다. 설명(텍스트의)과 전기적 심리 분석(psychobiographie)(저자의)을 구별하려는 노력을 하면서, 졸라의 무의식이 도상학적 선택을 통해 드러날 수 있는 방식에 대해 생각할 수 있다. 논리적인 설명들로는 충분하지 않다. 경멸적인 의미를 부여하는 경우는, 검열을 피해 에로틱한 주제들을 주시할 때의 즐거움을 다른 이에게 부여하면서, 감히 이들을 언급할 수 있게 하는 과정에 속한다고 할 수 있다.

기호들과 지표들

위의 인용문에서 묘사된 거의 모든 사실들은 이미 약호화된 요소들(이어지는 박물관 홀들)이나 상투형들(인물들의 생각들)로 구성되어 있으며, 《통념 사전》과 비슷하다. 알리는 것보다 인지하는 것과 관련된다: 형상적 환상은 이것의 결과이다.

---

6) 작가가 의도하는 주제의 방향에 따르는 인물. 작품의 주인공.〔역주〕

담화는 야콥슨의 도표에서부터 또는 화용론과 언어 행위들에 비추어 볼 때 관찰할 수 있는 다양한 언어 기능들을 개입시킨다. 다음성 체계(plurivocalisme)는 여러 단계에서 드러난다. 다양한 인물들의 대화나 말들은 발화자의 무언의 판단들과 결합되어진다. 자유 간접 화법의 일반화, '역사적(historique)' 과거의 사용, 부정대명사 사용, 화자 개입의 부재, 이런 것들을 통해 과학적 태도로 인한 중립성으로 표현된 연대기의 모습을 갖추어도 소용이 없다, 작가가 표면에 드러나지 않는다고 해도 모든 역설적 비하의 수사학을 통해 그는 투사된다. 게다가 이 텍스트는 마디니에 최고 사령부의 휘하에 들어간 군부대라는 모방이 아닌가?

텍스트는 두 개의 **동위성**을 중심으로 구성된다. 하나는 전통적인 사실주의적 글쓰기이다. 다른 하나는 메당파 작가들의 관습적인 페시미즘에 의해 즐거움과 반대쪽에 위치하는 낭만적 기원을 가진 원형학(archétypologie)에 의지한다. 실상 많은 인용이 나타난다: 그 자체 이야기의 영향권에 들어 있는 장소들을 넘어서면, 《메두사의 뗏목》의 실재에 대해 주의하게 될 것인데 이 그림은 그 차원들과 그 당시 잘 알려진 3면 기사에 의한 감동적인 그림으로 가혹한 사실을 증언하고 있다. 샤를 9세(노동자들이 아니라 신교도들의 박해자)의 비유는 한 선동가의 입을 통해 이야기가 만들어지는 것을 보여 준다. 그러나 가장 놀랄 만한 일은 졸라가 혁명의 회화라는 식으로 처리한 이 단순한 일화에서 이루어지는 전개이다. 우선 지성소에서처럼 경건해진 서민은 갑갑해지고 야만적인 무리의 본래의 거친 모습을 곧 되찾았다. 이상하게도 자본주의의 희생물 노동자들의 사도는 여기서 튈르리 궁전을 습격한 하층민들을 묘사하고 있는 플로베르만큼도 이들 무지한 방문객들에 대한 애정을 전혀 보이지 않는다. 이것은 민주주의적 유토피아와도, 마르크스가 1848년 화염에 휩싸인 파리의 불빛 아래에서 간파했다고 생각했던 '프롤레타리아의 새벽' 과도 거리가 멀다. 바로 졸라 자신의 문체에 나타난, 근본적으로 환멸을 느낀 냉소주의를 통해 그가 드러낸 생각들을 그는 부인할 수 있을까? 언어학의 공헌 참조할 것(2. 4).

의미의 생산

발췌는 그 규모상 설득력 있는 구조 분석을 시도하기에는 분명히 너무 한계가 있다. 게다가 소네트, 단편 혹은 한 장과는 반대로 이런 단락은 비교적 독립적이거나 자율적으로 간주될 수 없다. 그럼에도 불구하고 이것은 일련의 질문들이 제시될 수 있는 주제에 대한 **연출**과 관련된다.

이야기는 어떻게 구성되는가? 어떤 법칙들에 따라 문단으로 나뉘는가? 편집은 논리적(또는 연대기적)인가, 아니면 정의적인가? 회상이나 예상을 개입시키는가? 처음의 상황과 마지막 상황의 비교는 그 자체 많은 것을 알려 준다: 다른 서술적 가능성들이 예상될 수 있을 것이다. **행동소 체계**에 관한 한 여기서는 역할들이 도치되는 이분법을 강조한다. 바라보는 주체였던 결혼식 하객들은——결국 더 이상 아무것도 보지 못하는——이번에는 자신들이 조롱의 대상으로, 무척이나 놀라워하는 예술가들에게 화실의 모델처럼 제공된 살아 있는 진짜 그림이 된다.

문학 이론

여러 문제들이 이론적 표본들을 세우기에 흥미로운 예들을 구성하고 있는 서사학의 관점에서 고찰될 수 있을 것이다.

서술적 심급(Instance narrative)

누가 말하는가? 물론 저자이며, 여기서는 어떤 동질 서술적인 화자로도 모습을 드러내지 않는 추상적 실체이다. 그가 사라지는 것은 **발화 행위**가 하나의 역설로 이르게 되는 것 같다: 사실은 모든 이념을 떠나 자연스럽게 표현되는 듯하다. 그러한 것이 사실주의의 눈속임 기법(일루져니즘)들로 만들어진 작품군에 속한다.

시점들. 이들은 다양하다: 초점화는 복합적이나 항상 주관적이다. 장면은 우선 결혼식 하객들의 시선을 통해 묘사되다가 그 뒤를 이어받는 것은 바로 루브르에 상주하는 이들이다.

지속 기간의 연구는 이야기된 사건(histoire)의 시간과 서술(récit)의 시간 간의 절대적인 일치를 나타나게 한다. 묘사를 위한 휴지는 없다. 회화 작품들(여전히 그림들, 금박 틀, 이미지들!)을 언급하는 것은 전적으로 서술화되고 상징의 기능으로 축소된다. 대중의 눈에, 오직 물질적인 가치들만이 지배하는 세계에서 예술은 숙고되지 않고 게시된다. 이처럼 《목로주점》의 이 부분은 아마도 결국, 외부 세계의 반영을 떠나——혹은 이를 구성하고 있는 기호들의 반영을 떠나——작품 자체의 거울을 제공한다. 시학과 서사학을 참조할 것(2. 6).

참고 문헌 및 중요 도서 소개

1. Dictionnaires, encyclopédies

Encyclopaedia Universalis.

Dictionnaire des littératures de langue française, Bordas, 4 vol., 1984.

Dictionnaire des Littératures, Larousse, 2 vol., 1985.

Dictionnaire des œuvres du xxe s., Le Robert, 1995.

Dictionnaire des symboles, Robert Laffont, 1969.

MORIER H., *Dictionnaire de poétique et de rhétorique*, PUF, 1961.

DUCROT O. et TODOROV T., *Dictionnaire encyclopédique des sciences du langage*, Le Seuil, 1972.

LANSBERG H., *Handbuch der literarischen Rhetorik*, Munich, 1960.

PREMINGER Alex, *Princeton Encyclopedia of Poetry and Poetics*, éd. révisée, Presses universitaires de Princeton, 1974.

GREIMAS A. -J. et COURTES J., *Dictionnaire raisonné de la théorie du langage*, Hachette, 1979.

2. Revues spécialisées

Poétique, Le Seuil.

Communications, Le Seuil.

Littérature et Langue français, Larousse.

Langages, Didier/Larousse.

Archives des Lettres Modernes et, pour le xxe siècle, l'Icosathèque, Minard.

• Les tendances actuelles du roman sont illustrées par la revue *Recueil*,

Champ-Vallon.

• Le n° 8 de Roman(〈Débats sur le roman d'aujourd'hui〉, sept. 84), le n° 69 d'*Autrement*(〈Écrire aujourd'hui〉, avril 85), le n° 19 de l'*Infini*(〈Où en est la littérature?〉, été 87) font le point sur la situation du roman en France.

3. Ouvrages collectifs

• Les rencontres du Centre culturel international de Cerisy-la-Salle sont pour la plupart publiées en 10/18:

— *Les Chemins actuels de la critique*;

— *Nouveau Roman: hier, aujourd'hui*(1° Problèmes généraux; 2° Pratiques);

— *Butor*;

— *Claude Simon*;

— *Robbe-Grillet*;

— *Boris Vian*(2 vol.).

• *Sociocritique*(actes du colloque de Vincennes), Paris, Nathan, 1979.

Le Roman contemporain(actes du colloque de Strasbourg), Paris, Klincksieck, 1971.

4. 기본 참고 도서

다음 저술들은 출간된 날짜에 따라, 또는 프랑스어로 번역된 날짜에 따라 구분된 것이다.

우선 학술지에서 선보인 많은 논문들이 이 책들에서 다시 언급된다. 이들 중의 어떤 논문들은 프랑스의 출판 관습에 따라 포켓판 총서에서 출판되기도 한다.

• 게오르기 루카치, 《소설의 이론》, 1920: 독일어에서 프랑스어로 1963년 번역됨, 공티에(《소설의 이론》, 반성완 역, 심설당, 1998).

루카치는 소설에 대한 통합적인 시각을 위해 철학, 사회학, 역사를 사용한다. 위대한 서사문학은 모든 것이 완성되고 닫혀 버린 전체를 구성하고 있는 문화의 표현이다; 소설적 세계의 우연한 구조들은 '문제 제기적인' 문화들과 일치한다. 현대 소설의 이야기의 세 가지 국면은 다음과 같다: 추상적 이상주의(《돈 키호테》), 환멸의 낭만주의(《감정 교육》이 이 환멸의 모델이다), 그리고 전이의 작품(괴테의 《빌헬름 마이스터의 수업 시대》). 루카치식의 작품 읽기는 Katherine Sφrensen Ravn Jφrgensen에서 계속되고 있다: 《소설의 이론, 주제와 서법 *La Théorie du roman, Thèmes et modes*》, 코펜하겐, 1987.

• 뤼시앵 골드만, 《소설의 사회학에 대해 *Pour une sociologie du roman*》, 파리, 갈리마르, 1964(《소설사회학을 위해》, 조경숙 역, 청하, 1982).

소설이 발전하는 사회는 '현대의 개인주의적 사회'이다. 소설의 문학적 형태와 일반적으로 재화와 맺는 인간들간의 현실적 관계 사이에는 상동 관계가 있다. 그러한 것이 기본 가정이며 여기서부터 발생론적 구조주의의 방법이 발전된다. 다양한 작가들(특히 말로)의 소설적 생산에 대한 정확한 분석은 마침내 골드만으로 하여금 내용과 예술 작품의 구조를 구분하게 한다: 첫번째 부류들은 '반-이데올로기적'이며, 이는 이데올로기의 무게를, 사물화를 피할 수 없는 '문제 제기적' 인물들(루카치의 표현에서 빌려 온)에 투사시키는 두번째 부류와는 반대이다.

• 《문학의 이론 *Théorie de la littérature*》, 츠베탕 토도로프에 의해 소개되고 번역됨, 파리, 쇠이유, 1965(《러시아 형식주의: 문학의 이

론》, 김치수 역, 이화여자대학교 출판부, 1988).

'러시아 형식주의'를 주창한 이들의 글 모음집. 20년대의 문화적 격동기에서 태어난 이 운동은 구조주의 언어학의 시발점이 된다. 이 운동은 또한 비평을 문학 이론의 장으로 가게 하고, 고전적 수사학을 시학이라는 문학 이론으로 가게 한 최초의 시도들 중의 하나가 된다.

• A. -J. 그레마스, 《구조주의적 의미론 *Sémantique structurale*》, 파리, 라루스, 1966.

이 책은 언어학의 다른 계통들에 비해 뒤떨어진 의미론을 만회하고자 한다. 인간 세계의 의미들이 인지의 차원에 위치한다는 것을 주장하면서, 그레마스는 언어학적 개념과 구조주의 방법들에서부터 미학적 사실들을 분석하는 일을 책임지고자 한다. 형식주의적 논리의 이론적 문제점에 대해, 그레마스는 행동소 모델에 대한 심층적인 연구와 베르나노스의 소설 세계에 대한 방법론적 설명을 결합한다.

이 책의 연장선상에 있는 《의미에 관하여 *Du Sens, essai sémiotique*》(파리, 쇠이유, 1970)를 읽는다면 이 책의 이해에 도움이 될 것이다.

• 앙리 쿨레, 《혁명까지의 소설 *Le Roman jusqu'à la Révolution*》.

• 미셸 레이몽, 《혁명 이후의 소설 *Le Roman depuis la Révolution*》, 파리, 아르망 콜랭, 1967.

역사적 시대 구분, 문학적 연대기, 주제나 이데올로기적 관심의 동질성 간의 화해의 시도. 2부 부록은 이론 텍스트와 비평 텍스트를 선별해 싣고 있다.

• 에리히 아우어바흐, 《미메시스 *Mimésis*》, 1946, 독일어에서 번역됨, 1968, 파리, 갈리마르(《미메시스: 서구 문학에 나타난 현실 묘

사》, 김우창 · 유종호 역, 민음사, 1979).

저명한 고전학자 아우어바흐는, 《오디세이》에서 버지니아 울프에 이르는 일련의 전문적 저술을 통해 서구의 문학 속에서 현실이 재현되는 방식을 연구한다. 작품들과 이들의 역사적 맥락에 대한 박학한 지식에 기초한 아우어바흐의 연구는 텍스트의 문헌학적 연구의 전통 속에 위치한다.

• 레오 스피처, 《문체 연구 *Études de style*》: 영어와 독일어에서 번역됨, 파리, 쇠이유, 1970.

가장 세밀한 문헌학적 설명의 전통을 이어받은 가운데 16세기부터 현대까지의 작가들에 대해 아홉 개의 연구가 이루어지고 있다. 레오 스피처는 각 서체의 특징적인 '어원어(**étymon**)'를 이끌어 내고자 한다. 핵심을 찌르는 그의 연구들은 장르의 모범이 된다.

• 줄리아 크리스테바, 《소설의 텍스트 *Le Texte du roman*》, 헤이그-파리, 무통, 1970.

기호학을 '의미 체계들의 공리화'로 정의한 후, 그리고 '유럽의 마지막 공동체가 해체되면서, 즉 기독교에 의해 닫혀지고 통제된 자연적 경제 위에 토대를 둔 중세 유럽의 통일성이 해체되어 가던 중세말경, 유럽에서 그 형성이 끝나고 있던 서사적 이야기와 동일시된 소설의 특수성을 제시한 후, 저자는 앙투안 드 라 살의 텍스트(*Jehan de Saintré*)를 생성 문법에 비추어 분석한다: 개념들과 마찬가지로 어휘는 예비지식 없는 독자에게는 난해하게 나타날 수 있다.

• 롤랑 바르트, 《*S/Z*》, 파리, 쇠이유, 1970.

발자크의 단편, 《사라진》을 독창적으로 읽으면서, 바르트는 문학 텍스트에 대한 비평적 시선의 복수성을 정당화하기 위해 다의성의 개념을 사용하는 방법론을 제시한다.

• 츠베탕 토도로프, 《산문의 시학 *La Poétique de la prose*》, 파리, 쇠이유, 1970(《산문의 시학》, 유제호 역, 예림, 2003; 《산문의 시학》, 신동욱 역, 문예출판사, 1992).

문학은 언어의 어떤 특성을 확장시킨 것일 뿐이다. 그러나 문학은 이번에는 자신이 언어의 이론이 된다. 1964년부터 작성된 일련의 글들은 차례로 《오디세이》《성배의 탐색》《천일야화》《데카메론》에 대해 질문하며 시학을 구성하는 형태적 면들을 이끌어 내고자 한다.

• 미카엘 리파테르, 《구조주의 문체학에 대하여 *Essai de stylistique structurale*》, 1971 프랑스어로 번역됨, 파리, 플라마리옹.

연구된 텍스트들이 주로 시에서 차용된 것일지라도, 저자의 이론적 관찰들은 아주 적절하게 텍스트 생산의 모든 형태들을 다룬다. 리파테르는 특히 문학적 행위의 생성 과정에서 클리셰, 스테레오, 문화적 역량의 역할에 관심을 둔다.

• 롤랑 부르네프와 레알 월레, 《소설의 세계 *L'Univers du roman*》, 파리, PUF, 1972(《현대소설론: 소설의 세계》, 김화영 편역, 현대문학, 1996).

심리-사회학적 영역에서의 연구들(소설의 생산, 수용)과 서술 기법들의 여러 면들의 연구(이야기된 사건, 시점, 인물들)가 주제 분석(시간, 공간)과 결합되어 있다.

• 오스발드 뒤크로, 《말하는 것과 말하지 않은 것 *Dire et ne pas dire*》, 파리, 에르망, 1972.

함축된 의미와 전제의 개념들과 함께 언어학적 · 의미론적 그리고 논리적 관점에 위치하고 있는 뒤크로의 책은 단위들이 흩어져 있고, 섬세하지 못하며, 모든 약호화를 갖추지 못한 영역에서 체계를 세우고자 한다. 화용론의 연구들과 연결되면서 뒤크로는 서사학과도 관련된 구별을 정립한다: 말해진 것(정보)은 이야기 상대자에게는 명백하다. 반대로 표현과 관련된 모든 것, 차례로 비유적 의미, 수사학적 면, 내포라고 불리는 것은 오직 애매한 의미이며 암시적 의미일 뿐이다. 그런데 모든 언어처럼 소설은 연구 대상으로 삼은 모든 가설들을 문제삼는다.

• 마르트 로베르, 《기원의 소설, 소설의 기원 *Roman des origines, origines du roman*》, 파리, 베르나르 그라세, 1972(《기원의 소설, 소설의 기원》, 김치수 · 이윤옥 역, 문학과지성사, 1999).

저자는 '가족 소설'의 프로이트적 개념을 《돈 키호테》, 《로빈슨 크루소》, 그리고 동화 같은 기본적이며 많이 알려진 소설들의 이야기와 구조로 확장 발전시킨다. 오이디푸스적 삼각형 · 업둥이 · 사생아는 신화적 모델들에 속하며, 이들을 중심으로 소설적 담론이 구성되어진다.

• 제라르 주네트, 《문채 II *Figure II*》, 파리, 쇠이유, 1972.

《잃어버린 시간을 찾아서》는 서사학적 범주들에 대한 체계적인 연구의 지주로 사용된다. 물론 '서사학자'라기보다 시학자인 주네트가 서술적 담화의 전문어들을 신중하게 칭하는 것은 프랑스에서뿐만 아니라 외국에서도 평가를 받게 될 것이다. 게다가 그의 방법은 적어도 허구 작품들을 읽고 연구하는 데에 있어서도 우리들의 방식을 새롭게 하는 데 상당히 기여했다.

• 하랄드 바인리히, 《시간 *Le Temps*》, 1964; 프랑스어 역, 1973, 파리, 쇠이유.

시제 (문법적) 연구는 생성에 대한 인지(과거/현재/미래)와의 소위 관계에서뿐만 아니라, 이들이 텍스트에서 사용된 방식과 언어를 중심으로 특히 소설적 언어를 중심으로 작용하는 방식을 통해서 이루어진다. 아주 풍요로운 관점이다.

• 클로드 샤브롤 외, 《서술과 텍스트의 기호학 *Sémiotique narrative et textuelle*》, 파리, 라루스, 1973.

롤랑 바르트, 소랭 알렉상드르퀴, 클로드 브르몽, 피에르 마랑다, S.-J 슈미트, 그레마스, Teun A. Van Dijk의 구조주의 분석 모음집.

• 장 미셸 아당, 《언어학과 문학적 담론 *Linguistique et discours littéraire*》, 파리, 라루스, 1976.

제시된 방법들과 마찬가지로 다루어진 장르(소설, 시, 연극, 광고)의 선택에 있어서 폭넓은 이 '텍스트의 이론과 실제'는 쉽게 이해될 수 있으며, 언어학과 기호문체학에 의해 영향을 받은 비평적 설명들의 예들을 많이 보여 준다.

• 미케 발, 《서사학 *Narratologie*》, 파리, 클랭크시에크, 1977(《서사란 무엇인가》, 한용환 · 강덕화 역, 문예출판사, 1999).

특히 서법과 목소리의 영역에서, 다시 말해 시점과 서술자의 위상, 서술의 층위들에서 주네트의 시학을 확장하고 완성한다. 이런 연구가 포함할 수 있는 모든 위험에도 불구하고 세밀하고 체계적으로 이루어진 연구.

• 뤼시앵 달랑바흐, 《반영적 서술 *Le Récit spéculaire*》, 파리, 쇠이유, 1977.

이 글은 '격자 구조' 개념의 정의를 제시한다. 저자는 역사적 차원에서 지드에서 누보 로망에 이르기까지의 문학장을 연구한다. 그의 전개 과정에 대한 관심은, 서술할 수 있다고 믿는 '반영적 이야기의 구조유형학'과 함께 완전하게 나타난다: 작품이 반영되는 거울의 근거를 제공하는 유사 관계는 내용, 형태, 혹은 언술 행위(서술 행위 자체의 연출과 함께)에서 나온다.

• 미하일 바흐친, 《소설의 미학과 이론 *Esthétique et théorie du roman*》, 모스코바, 1975; 프랑스어 번역: 1978, 갈리마르.

소설 장르의 기법들, 소설의 출현, 발전에 관한 열정어린 일련의 연구들, 이 연구들은 쟁점을 배제하지도 않으며 새로운 개념들을 참조하는 것도 마다하지 않는다. 바흐친의 관점은 때로는 과도하게 일반화하는 결점이 있다: 명석한 직감은 보편적인 설명 체계가 될 때 생기를 잃게 된다. 그럼에도 불구하고 다음성, 카니발적 웃음, 다언어 구사(plurilinguisme)의 연구는 차후 필수 불가결해진다.

• 제라르 주네트, 《원텍스트 입문서 *Introduction à l'architexte*》, 파리, 쇠이유, 1979.

원텍스트(architexte)의 개념은 특히 각각의 텍스트가 나오게 되는 일반적인 범주들이나 초월적인 범주들의 총체를 포함한다. 원텍스트의 연구는 문학 장르에 대해, 그리고 부당하게도 아리스토텔레스의 작품으로 여겨지는, 세 가지 기본형(서정시 · 서사시 · 극)에 따른 장르의 배분에 대해 분명히 다시 생각한다. 왜 그리고 어떻게 삼원 체계가 서구의 미학 속에서 강요되었는가? 이런 것이 제라르 주네트가 여기에서 상기시키는 물음들이다.

• 장 벨맹 노엘, 《텍스트의 무의식을 향해 *Vers l'inconscient du texte*》, 파리, PUF, 1979.

이 책은 '텍스트' 분석에 대한 다양한 예들을, 특히 《스완의 사랑》의 끝 부분에서 스완의 꿈에 대한 연구와 같은 예를 보여 준다. 심리분석의 개념들을 사용하면서 벨맹 노엘은 표층적 읽기로는 파악해 낼 수 없을 심층적 의미망을 밝혀내고자 한다. 그렇지만 그는 텍스트의 설명에서 저자에 대한 분석으로 가지 않도록 조심한다.

• 앙리 미트랑, 《소설의 담론 *Le Discours du roman*》, 파리, PUF, 1980.

사실주의 소설, 즉 객관적으로 사실을 재현하고자 한 소설에 관한 논문 모음집. 미트랑은 실상 언어의 문법뿐만 아니라 문화적 코드의 기호학에서 자신의 방법들을 빌려 온 세밀한 읽기를 통해 19세기의 자칭 모방적임을 내세운 소설이 자신 외부에 있는 담론의 법칙들과 인지 능력에 의존하고 있음을 보여 준다. 이처럼 현대적 픽션에서 신화들, 스테레오, 극적 세계의 이미 존재하고 있었던 지식이나 구조들이 서로 만나고 있었다. 소설은 진정 복사이지만 현실의 기호들의 복사이며 현실 자체의 복사는 아니다.

• 필립 아몽, 《묘사의 분석에 대한 입문서 *Introduction à l'analyse du descriptif*》, 파리, 아셰트, 1981.

필립 아몽은 다양한 문학 장르에서, 특히 제일 중요한 자리에 있는 소설에서 묘사적 기법이 나타날 수 있는 그대로 이 기법의 위상과 기능을 파악하고자 한다. 그는 기법을 예리하게 읽게 할 수 있는 도구들을 제시하며 묘사의 수사학에 대한 몇몇 통념들에 대해 유익한 문제를 제시한다.

• 도리 콘, 《내적 투명함 *La Transparence intérieure*》, 1978; 영어에서 1981년 번역됨, 파리, 쇠이유.

내적 독백에 대한 유형적 분석. 저자에게 있어서 사실주의 소설의 특성 중 하나는, 모순적으로 보이기는 하지만 인물들의 심리적 삶에 대한 연구이다. 보통 3인칭으로 나아가는 서술에서 의식——혹은 무의식——의 내면성으로 나아간 이 연구는 수많은 질문들을 야기시킨다. 저자의 접근은 세심하며 러시아, 프랑스, 독일, 영미 문학에서 빌려 온 많은 예들을 참고한다. 문체학과 서사학의 영역에 동시에 속하는 이 접근은 상당히 어려운 접근이나 아주 풍요로운 결과를 예고한다.

• 제라르 주네트, 《새로운 서술 담론 *Nouveau discours du récit*》, 파리, 쇠이유, 1983.

《문채 III》에 이어 70년대의 서사학의 세부적인 몇 가지 면들에 대한 비평들을 검토한다. 유쾌한 역설의 문체를 보여 주며, 아주 유익한 검토이다. 그러나 더 많은 논리적 변별이 초보 독자들에게는 지나치게 미세한 것으로 보일 수 있을 것이다.

• 움베르토 에코, 《파불라 읽기 *Lector in fabula*》; 이탈리아에서 1985년 번역됨, 파리, 그라세.

뛰어난 저술로 유쾌하게 읽을 수 있다. 열려진 어떤 문들로 깊이 들어간다는 인상을 줄 수 있으나, 중요한 많은 이론적 문제점들을 제기한다는 장점이 있다. 모범적인 읽기의 개념(때묻지 않은, 박식한……)은 상당히 이론의 여지가 있다——그리고 항상 논의되고 있다. 그렇지만 이 개념을 토대로 한 알퐁스 알레의 단편을 메타텍스트적으로 접근한 것과 롤랑 바르트가 《사라진》에서 제시한 '무수히 나뉘어진' 읽기를 비교할 수 있다(《S/Z》 참조할 것).

• 롤랑 엘뤼에르, 《언어학적 화용론 *La Pragmatique linguistique*》,

파리, 나탕, 1985.

화용론의 근본 이론들에 대한 상세한 연구. 방법론적인 동시에 비평적인 엘뤼에르의 접근은 문체 분석과 문학 담론 분석에 흥미로운 관점들을 보여 준다.

• 케테 함부르거, 《문학 장르들의 논리학 *Logique des genres littéraires*》, 1977; 독일어에서 1986년 번역됨, 파리, 쇠이유(《문학의 논리: 문학 장르에 대한 이론적 접근》, 홍익대학교출판부, 2001).

고전적이 된 한 주제(문학이란 무엇인가?)에 대한 변이형인 케테의 책은 언어학적 연구와 세밀한 수사학적 연구에서 출발하여 이 질문에 답하고자 한다. 그는 전통적인 장르적 범주들을 초월하는 언술 행위의 논리에 대한 기본적 개념들을 보여 준다.

• 앙리 미트랑, 《시선과 기호 *Le Regard et le Signe*》, 파리, PUF, 1987.

사실주의 소설들에 대한 연구 모음집. 시학, 기호학, 화용론의 개념들이 19세기의 다양한 소설들의 문체 분석에 적용된다. 이 개념들은 유명한 작품들조차 경직된 비평 담론 아래에서 은밀하게 사라져 버릴 수 있는 그런 작품들에 대해 새로운 접근을 가능하도록 만들어 준다.

• 미셸 레몽, 《소설 *Le Roman*》, 파리, 아르망 콜랭, 1988.

소설이란 무엇인가? 그 내용은 무엇인가? 이야기는 어떤 다른 방식들이 있는가? 저자에 의한 그 대답들은, '문학 비평의 최근의 업적들'을 이해하면서, 대부분의 연구자들에 의해 일반적으로 사용된 방법들과 분명하게 구분된다. 레몽은 분명히 위험을 무릅쓰고 서사학적 전문 용어의 일탈에 자신을 내맡기기보다 전통적인 용어학——

그리고 개념들——을 사용하기를 선호한다.

• 장 마리 셰페르, 《문학 장르란 무엇인가? *Qu'est-ce qu'un genre littéraire?*》, 파리, 쇠이유, 1989.

문학의 일반적 미학의 관점에서, 셰페르는 진부하게 보이는 '장르'란 개념이 눈속임과 복합성을 가질 수 있는 것임을 보여 준다. 어떤 시학, 성명서, 선언서들이 대를 이어왔든간에 장르의 개념을 단일한 이론으로 한정시키는 것은 불가능하다. 이처럼 '텍스트들을 분류한다'는 것은 '특성의 표준화,' 규칙의 적용, 계통적 혹은 유사적 관계의 존재라는 범주에 따라 아주 다른 것들을 의미한다.

• 도미니크 맹그노, 《문학 담론의 화용론 *Pragmatique pour le discours littéraire*》, 파리, 보르다스, 1990.

분명히 교육적 관심을 보이는 이 책은 쉽다는 인상을 준다. 이 책은 언어학과 논리학에서 나온 언술 행위의 이론과 화용론의 이론을 보여 준다. 그 예들은 주로 극적 언어들에서 빌려 온 것일지라도 일반적 방식으로 모든 문학 텍스트에서 담론의 법칙들, 전제들, 함축된 의미들, 작품과의 소통을 위한 계약을 밝힌다.

• 제라르 주네트, 《픽션과 딕션 *Fiction et diction*》, 파리, 쇠이유, 1991.

이 책은 네 개의 연구로 되어 있다. 각 연구는 그동안 그 주제에 대해 회자되었던 질문들을 던진다: 문학적 행위('픽션과 딕션'), 서술적 장르들의 발화 내적인 위상('픽션의 행위들'), 서사학의 다양한 문제들('허구적 이야기, 사실적 이야기'), 혹은 문체의 기호학적 정의 시도들('문체와 의미'). 상당한 활력을 불어넣어 주는 이 네 연구들은, 제대로 이해되려면 화용론과 기호학의 영역에 대한 깊은 이해가 필요하다. 게다가 이 연구들은 언제나 열린 자세를 보이는 서사학자들 사이에 논쟁을 제기하고 있다.

• 이브 뢰테르, 《소설 분석 입문서 *Introduction à l'analyse du roman*》, 파리, 보르다스, 1991.

복합성과 다양성이 특징인 장르 그 자체에 대한 개관적이고 교육적인 관점. 장르의 분석을 용이하게 할 수 있는 분명하고 이전 가능한 개념들이나 방식들이 있는가? 저자는 이런 질문에 주로 서사학에 근거를 두면서 대답하고자 한다.

색 인

조성애
연세대학교 불문과 졸업
미국 뉴욕주립대학 불문학 석사
프랑스 파리3대학 불문학 박사
현재 연세대학교 불문과 강사
논문: 〈에밀 졸라의 루공가의 재산: 가족 소설에 내재된 어머니상〉
〈한국 조폭 영화에 내재된 가족 로망스와 현대 한국인의 집단무의식〉
〈소설, 영화, 이데올로기〉 〈축제와 원형적 세계관〉
저서: 《사회 비평과 이데올로기 분석》 《자연주의 미학과 시학》
역서: 《쟁탈전》 《로마에서 중국까지》 《프랑스를 아십니까》
《사실주의 문학의 이해》 《상투어》 《유토피아》

현대신서
161

소설 분석

초판발행 : 2004년 11월 1일

東 文 選
제10-64호, 78. 12. 16 등록
110-300 서울 종로구 관훈동 74
전화 : 737-2795

편집설계 : 朴 月 · 李惠允

ISBN 89-8038-461-0 94800
ISBN 89-8038-050-X(세트/현대신서)